지혜

평범한 장면에 한 번 더 눈길이 갑니다.

지혜는 1993년 서울에서 태어났다. 어린 시절 아버지에게 받은 카메라로 주변을 관찰하기 시작했다. 이후 관찰하는 도구로 핸드폰을 사용해 사진과 영상을 찍고 글을 쓰는 생활을 이어 나가고 있다. 평범하게 지나가는 일상이 모여 사람을 울고 웃게 만든다는 점에서 기록이 지닌 힘을 믿고 있다. 매일 만나는 풍경과 사람들, 함께 나눈 대화가 삶에 어떤 모습으로 기여하는지, 기록하는 삶으로 이야기한다.

편집숍 오브젝트, 엽서 도서관 포셋 브랜드 에디터로 일했으며 「매일이 그렇듯」 개인 전시를 열었다. 출간 도서로는 「내가 놓친 게 있다면」, 「생활메모집 시리즈」가 있다.

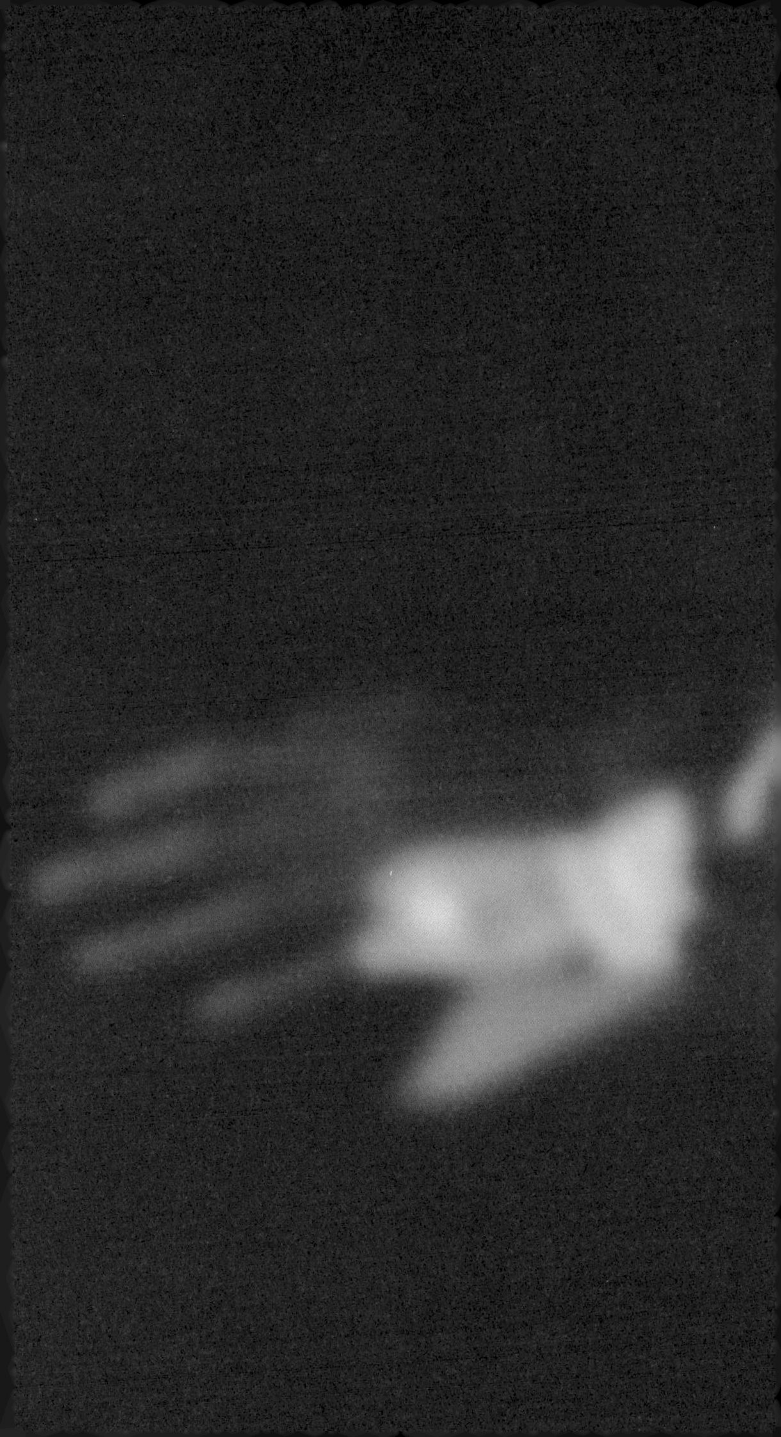

인사는 잠깐인데 우리는 오래 헤어진다

지혜

at|noon books

목차

집

함께 살고 싶지 않은 마음

12월 31일 집에 앉아 이 글을 적고 있다. 평소에는 나이라는 걸 잊고 지내다가 괜히 연말이 다가오면 주변 사람들에게 나이를 물어본다. 어제도 그랬다. 다음 해가 되면 고모가 몇 살이 되는 거지? 이제 일흔둘이지. 고모 등에 업혀 있던 게 엊그제만 같은데 고모가 언제 그렇게 나이를 먹었지? 그럼 고모는 지금 네가 몇 살인데 말 같은 소리를 하라는 표정을 지어 보였다. 나는 고모의 눈총을 받는 것이 머쓱해서 방문을 닫고 자리를 피했다.

고모는 내가 어릴 때 이야기가 나오면 마치 어제 있었던 일처럼 말한다. 내가 고모와 떨어지면 얼마나 울었는지. 무엇을 손에 쥐여 주면 울음을 그쳤는지. 어떤 음식을 가장 좋아했는지. 또는 싫어했는지. 이 이야기들이 처음 듣는 이야기가 아니어도 나는 가만히 듣고 있는다. 듣고 있다 보면 고모에게 나는 아직도 다섯 살 어린아이로 머물러 있는지도 모른다는 생각을 하게 된다. 시계를 올려다봤을 때 다음 해가 두 시간도 채 남지 않았다. 두 시간만 지나면 올해가 작년이 되고 우리는 또 나이를 먹는다. 12월 31일과 1월 1일 사이에는 무엇이 있을까? 누군가의 기억에 나는 영원히 다섯 살 어린 아이로, 또 누군가의 기억에는 영원히 스무 살로 남아 있다. 해마다 한 살씩 나이가 들어가는데 누군가의 기억 속에서 나는 그때 그 나이로 살고 있다.

o

며칠 전 많은 눈이 내렸다. 침대 모서리에 앉아서 창문을 살짝 열어 두면 창밖으로 내리는 눈을 계속 보고 있을 수 있다. 따뜻하고 조용한 방에 앉아 있으면 '나에게도 내 방이 있다니.' 하는 생각과 함께 나만의 방이 있다는 사실에 새삼 행복해진다. 나는 지난 30년 동안 세 번의 집을 거쳐 왔다. 첫 번째 집은 넓은 마당이 딸린 빌라였다. 그곳에서 25

년간 살았다. 두 번째 집은 첫 번째 집에서 지하철로 한 정거장 차이가 나는 옆 동네의 작은 단독주택이었다. 세 번째 집은 첫 번째 집이 있는 동네로 다시 돌아와서 그 주변에 있는 평범한 4층짜리 빌라였다. 지금 살고 있는 집이 바로 세 번째 집이다. 이 집에는 가졌던 방 중 가장 큰 내 방이 있다. 동네 부동산을 돌고 핸드폰으로 검색을 하면서 고모와 둘이 살 곳을 구하던 시기에 고모가 찾은 집이었다. 집을 찾아다니던 무렵 폭설과 찬바람이 만나 바닥이 꽝꽝 얼어 있는 날이 많았다. 고모와 나는 곧장 미끄러질 것만 같은 발걸음을 옮기면서 집을 보러 다녔다. 사진으로는 집의 상태가 좋아 보여서 '이 집이면 괜찮겠다.' 마음을 먹고 보러 가면, 언덕을 넘어 가파른 계단을 올라가야 하는 집이거나 아래층에 시끄러운 상가가 있거나 너무 추운 집이 기다리고 있었다. 보러 가고 다시 돌아오고를 반복하면서 우리는 점점 지쳐 갔다.

세 번째 집은 그렇게 여러 집을 보고 났을 때쯤 나타났다. 처음엔 이 집에서 살게 될 거라고 생각하지 못했다. 이 집을 처음 보러 왔을 당시 한 모녀가 살고 있었다. 엄마로 보이는 여자가 현관문을 열었고 바로 뒤에 여자아이가 쭈뼛거리며 서 있었다. 고모는 우리도 단둘이 살 집을 구하고 있다면서 반가워했다. 짧은 인사를 나누고 고모와 내가 집 안으로 들어섰을 때 잡다한 가구와 물건들이 가득 들어차 있어 집의 구조가 제대로 보이지 않았다. 특히 서재 겸

창고로 쓰이던 안방에는 천장까지 뻗은 커다란 책장 두 개가 공간을 차지하고 있었고 방바닥에는 사람 허리춤까지 쌓인 책과 살림이 뒤엉켜 있었다. 나는 얼핏 보기에 좁은 그 집에서 최대한 빠르게 빠져나가고 싶었다. 그러나 고모의 생각은 달랐다. 고모는 나오자마자 집이 마음에 든다며 안방의 물건들을 다 치우면 꽤 큰 공간이 나올 것이라고 했다. 그리고 자신은 큰 방이 필요 없으니 안방을 나더러 쓰라고 덧붙였다. 고모의 설득으로 이틀 밤을 자고 다시 그 집을 보러 갔다. 만약 우리가 이 집에 이사 오게 되면 어떻게 변하게 될지 생각해 보면서 집 안을 돌아다녔다.

안방을 다시 제대로 보기 위해 방 앞에 섰을 때 처음 집을 보러 왔던 날과 별다를 것 없이 정신없는 모습이었다. 커다란 책장뿐 아니라 물건들이 쌓여 있어 방 안으로 진입하는 일 자체가 쉽지 않았다. 겨우 두 다리를 넣어 안쪽으로 들어갔을 때 방의 크기가 생각보다 작지 않고 창문도 크게 나 있다는 걸 알 수 있었다. 그렇게 다시 집을 보고 난 후 얼마 지나지 않아 고모와 나는 우리가 앞으로 살게 될 세 번째 집을 계약했다.

이전에 살았던 사람들의 거대한 짐들이 모두 빠지자 생각보다 더 큼지막한 창이 드러났다. 창문을 통해 햇살이 방 안으로 깊게 들어왔다. 이사 날을 잡아 두고 동네 도배사를 불러 새로 도배를 했다. 장판을 깔고 가구의 위치를 고민했다. 나는 창가 주변에 책상을 두고 그 앞에 식물들을 올려놓았다. 침대도 아침에 눈을 뜨면 창가가 보이는 방향으로 두었다.

세 번째 집에서 매일 블라인드 사이로 새어 들어오는 아침 햇살을 보면서 일어났다. 계절마다 빛의 색이 다르다는 것도 이 방에 살면서 알게 되었다. 매일 다른 채도의 햇살이 방 안을 가득 채우는 것이 나는 특히나 좋았다. 방의 창문은 큰 길가로 나 있었다. 빌라들로 둘러싸인 주택가이지만 아침마다 새소리가 들렸다. 그러나 밤에는 술 취해 노래를 부르는 이웃들의 소리가 새어 들어오기도 했다. 저 사람에게는 무슨 일이 있었던 걸까. 노래 선곡이 구슬프네. 침대에 누워 그런 것들을 생각하다가 잠들었다. 해가 바뀌면 이곳에서 고모와 단둘이 살게 된 지도 3년이 된다.

o

'마음의 고향이 있으신가요?'

마음의 고향이라는 게 있을까. 집에 관한 이야기가 나오면 맞은편에 앉은 사람에게 마음의 고향이 있는지 물어본다. 그러면 사람들은 내게 마음의 고향이 무슨 뜻이냐고 되묻는다. 나는 지금까지 당신이 살아온 집 중에서 가장 기억에 남는 집이 있는지, 그런 집이 있다면 무슨 이유인지 다시 한번 질문한다.

지방이 고향인 이는 서울에 올라와 처음으로 혼자 살게 된 집을 마음의 고향이라고 이야기해 주었다. 누군가는 어릴 때부터 지금까지 가족과 40여 년간 살고 있는 집을 마음의 고향이라고 말했다. 여러 번 이사를 다니면서 많은 집을 만났음에도 마음의 고향이 딱히 없는 사람, 독립해서 살고 있는 집과 자신이 태어나서 자라나기까지 부모님과 살던 집 중 어디가 마음의 고향인지 잘 모르겠다고 대답하는 이도 있다. 마음의 고향을 이야기할 때 사람들은 대개 눈알을 위로 향하거나 턱을 괴면서 생각에 잠겨 있는 것처럼 보였다. 마치 자신이 어릴 때부터 지금까지 살아온 집 하나하나를 떠올려 보는 것처럼. 사람들은 마음속에 남아 있는 그 집이 어떻게 생겼었는지, 그곳에서 누구와 살았고 그 집은 무슨 물건들로 채워져 있었는지, 어떤 생활을 했는지. 수십 년이 지났음에도 생각보다 많은 것들을 기억하고 있었다.

o

나도 내 마음의 고향을 떠올릴 때면 그들과 비슷한 표정이 된다. 눈알을 위로 향하거나 턱을 괴어 본다. 그렇게 있다 보면 자연스레 내가 살았던 첫 번째 집을 떠올리게 된다. 그런데 그 집보다는 그 집의 앞마당이 내겐 마음의 고향 같다. 왜 집이 아닌 앞마당을 떠올리게 되었을까? 내가 처음으로 살았던 집은 고모부와 고모가 살고 있던 집이었다. 그 집에서 고모부와 고모와 함께 사는 것이 즐거웠지만, 함께 살아서 불행한 날도 있었다. 그런 날에는 도저히 그 집 안에 있을 수 없어 집을 나와 앞마당을 서성였다. 마당의 나무에게 말을 걸고 돌 턱에 앉아 화단을 구경했다. 눈이나 비가 내리는 풍경을 멍하니 바라보기도 했다.

나는 이사를 가더라도 같은 동네 언저리를 맴돌면서 살았다. 첫 번째 집의 경우 지금 살고 있는 집과 걸어서 10분 거리에 있다. 첫 번째 집 근처를 지나갈 때면 멀리서 그 집을 한 번 바라보고 지나가기도 하고 속으로 '실례합니다.'라고 하며 앞마당을 둘러보고 나오기도 했다. 지금 떠올려 봐도 내가 살았던 그 집은 독특한 구조였다. 짙은 초록색의 커다란 철제 대문을 열면 2층짜리 빌라 101동과 102동이 나란히 서 있었다. 나는 마당에 들어서자마자 보이는 101동 2층에서 살았다. 빌라 두 채를 중심에 두고 커다란 앞마당과 뒷마당이 있었다. 앞마당에는 자동차 세 대 정도는 거뜬히 들어가는 길고 널찍한 공간이 있었지만 앞마당을 주차 공간으로만 사용하지 않았다. 그곳에는 대문 입구에서부터 맞은편 뒷문까지 이어지는 길쭉한 화단이 있었다. 이웃들은 그 화단에 봄이면 꽃을 심고, 여름에는 고추와 방울토마토, 봉숭아를 길렀다. 고모는 여름마다 마당의 봉숭아를 따다가 백반과 곱게 갈았다. 자신의 새끼손가락과 내 열 손가락에 올리고 얇은 면과 실을 사용해서 묶었다. 그렇게 물든 주홍빛 손톱은 여름이 모두 지나갈 때까지 사라지지 않았다.

마당에는 여섯 그루의 나무도 함께 살고 있었다. 앞 건물에 살고 있던 사람들은 이 나무들을 싫어했다. 여름에는 햇빛을 가리고 가을에는 나무 이파리가 자신들이 사는 집 뒷마당에 떨어진다는 이유로 크게 항의했다. 결국 내가 중학생이 되었을 무렵 모든 나무들이 잘려 나갔다. 같은 빌라에 살던 이웃들은 나무가 잘려 나간 것을 두고 오랜 시간 안타까워했다. 지금은 밑동만 남아 있지만 한때는 울창한 나무들이 그곳에 있었다. 그 나무 중에는 건물의 3층 높이만 한 감나무도 있었다. 감이 익기 시작하면 앞마당을 지나다닐 때마다 달짝지근한 냄새가 났다. 감이 터질 것처럼 빨갛게 익고 나면 같은 빌라 아래층에 살고 있는 아저씨가 2층으로 올라와 창문을 타고 감을 땄다. 하굣길에 아저씨가 마당에서 감 따는 모습을 발견하고는 입을 벌린 채 구경한 기억이 있다. 아저씨는 기다란 장대 끝에 뜰채를 매달아 감을 건졌다. 그리고 위층과 아래층에 사는 이웃들에게 나누어 주었다. 우리 가족도 그에게 건네받은 감을 가을 내내 작은 수저로 퍼먹었다. 붉은 감을 입 안에 넣으면 달고 물컹한 맛이 났다.

감나무 꼭대기에는 따지 않은 감 몇 개가 남아 있었다. 고모는 그걸 보고 새들이 겨우내 먹을 식량으로 남겨둔 것이라고 알려 주었다. 아래층 아저씨는 마당 앞에 떨어진 커다란 이파리들을 쓸었다. 쌀쌀한 바람을 타고 마당 앞의 모든 게 쓸려 나가고 나면 하얀 눈이 그 위를 덮었다. 아무도 밟지 않은 눈 위에 새와 고양이 발자국이 찍혔다. 나는 그것을 보며 우리가 모르는 사이 이 마당에서 동물들도 잠시 숨을 돌렸다가 가는 거라 생각했다. 그곳에 사는 동안 앞마당은 나의 가족과 이웃에게 안식을 주었다.

이제는 그 집으로 들어갈 수 없지만 앞마당에 잠시 앉을 수는 있었다. 어쩌다 한번은 앞마당에 홀로 앉아 있다가 그 집에서 계속 살고 있는 아래층 아저씨와 마주쳤다. 아저씨는 '웬일이니? 내가 나이가 들어서 이제 밖에서는 너를 알아보지도 못하겠다.'라며 안부를 물어왔다. 나는 아저씨와 화단을 번갈아 바라보면서 '지나가는 길에 들렀는데 저도 이 근처에서 고모와 둘이 살아요. 마당에 꽃들이 예뻐요.' 하고 답했다. 101동 앞 화단에는 해마다 아저씨가 가꿔 놓은 꽃들이 있다. 마당에 앉아서 손님처럼 그 꽃들을 구경하다가 엉덩이를 털고 일어나 자리를 떴다.

o

나는 첫 번째 집에 사는 25년 동안 방 없이 살았다. 한 살부터 대학을 졸업할 때까지 내 방이 없었다는 말을 하면 사람들은 대개 놀랐다. '방이 없으면 어떻게 살았어요?' 그런 질문을 자주 받았다. 처음에는 그냥 '거실에서 고모랑 지냈어요.' 하고 얼버무렸다. 방을 가진 사람들이 부러웠어요. 그런 속마음을 숨기고 싶어서 얼버무렸는지도 모른다. 사실 자신만의 방을 가진 고모부가 부러웠고 방을 멋지게 꾸며 놓고 사는 친구들이 부러웠다. 그러나 부러운 마음만으로 25년의 시간을 모두 설명하기는 어렵다. 방이 없는 생활은 힘들고 슬픈 동시에 기쁘고 즐거운 모든 감정을 내게 알려줬기 때문이다. 그래도 누군가 내게 방 없이 살았던 시간을 다시 살 수 있냐고 물어본다면 그러지 못하겠다고 대답할 것 같다. 그럼에도 내게 기회가 생긴다면 다시 한 번은 되돌아가 보고 싶기는 하다. 방이 없었던 내가 주로 생활한 그 거실 한복판에 누워서 이불에서부터 올라오는 집의 냄새를 맡아 보고 싶다. 나는 그 시절을 그렇게 기억하고 있다. 언젠가 사람의 기억 중 가장 오랜 시간 저장되는 감각은 후각이라고 배운 적이 있다. 사람에게 그런 감각마저 없다면 나는 먼 과거를 떠올릴 때마다 가장 먼저 무엇을 상기하려나. '분명 있었는데 돌아보니 아무것도 남는 게 없다.'라고 말하는 것처럼 인생이 헛헛해지는 일도 없을 것이다.

곰곰이 생각해 보면 '방이 없었다.'라는 말보다 '그중에 내 방이라고 할 만한 공간은 없었다.'라는 말이 더 정확하겠다. 첫 번째 집은 방이 모자라는 작은 집이 아니었다. 큰방과 작은방, 골방까지 방 세 개가 있었고 그중 큰방은 고모부의 방이었다. 골방에는 고모부의 정장, 평상복, 운동복…. 많은 옷들이 투명한 비닐에 싸여 촘촘하게 걸려 있었다. 마지막으로 남은 작은방은 고모와 내 옷이 걸려 있는 옷방으로 사용했기 때문에 고모와 나는 주로 거실에서 잠을 자고 생활했다. 한 마디로 거실은 내 방이자 고모의 방이었다. 나는 거실에서 생활을 하면서도 동시에 저 작은방이 내 방이 되면 어떨까. 그런 상상을 했다. 그러나 현실적으로 작은방이 내 방이 되려면 그 안에 걸려 있던 고모와 나의 옷들, 그 옷을 넣어 두는 오래된 가구들까지 모두 밖으로 빼내야만 했다. 작은방이 내 방이 되는 상상을 여러 번 해 봤을 뿐 그 방이 끝내 내 방이 되지는 못했다.

집에는 고모부의 물건이 아주 많았다. 신발장, 옷장, 수납장, 선반, 벽. 눈이 닿는 곳마다 그의 물건들이 있었다. 고모는 고모부의 물건들을 잘 버렸다. 그녀는 고모부의 넘치는 옷과 신발 그가 일하는 곳에서 가지고 온 수많은 물건들을 보면서 징글징글하다는 표현을 자주 썼다. 그러면서 사람 한 명이 들어갈 정도로 큰 비닐봉지에 그의 물건을 담아 내다 버렸다. 고모는 많은 짐을 내다 버릴 때마다 고모부의 눈치를 봤다. 그 눈치 때문인지 아무리 버려도 고모부의 짐은 좀처럼 줄지 않았다. 그렇게 많은 짐들이 모든 방 안에 들어차 있기 때문에 내가 방 없이 거실에 살고 있는 거라는 생각에 나도 그 짐들이 보고 싶지 않았다.

거실에는 이불과 베개가 있었다. 고모와 내가 거실에서 함께 잠을 잤기 때문이다. 밤이 오면 거실에다가 이불을 펴고 고모 다리 위에 내 두 다리를 올려 둔 자세로 누웠다. 그 자세로 고모는 티브이를 보다가 금방 잠들었고 나는 핸드폰에 연결된 이어폰으로 귀를 막고 다른 일을 하다가 뒤늦게 잠들었다. 내가 잘 때 고모는 일어나고, 고모가 잘 때 나는 깨어 있었다. 밤늦게까지 핸드폰이나 컴퓨터를 붙잡고 있으면 고모는 화면 불빛 때문에 잠들 수가 없다면서 돌아누웠다. 그럴 때면 조용히 컴퓨터를 끄거나 핸드폰을 머리맡에 내려 두고 자고 싶지 않아도 잠을 청했다. 나의 초중고 학창 시절은 대개 그렇게 보낸 것 같다. 그러나 대학에 입학하고 나서는 입장이 달라졌다. 잠든 고모 옆에서 밤새 거실 불을 켜고 과제를 해야 했기 때문에 고모가 나를 이해하는 날이 더 많았다. 그녀는 새벽까지 불빛이 훤한 거실에서 잠을 잤고 가끔씩 잠에서 깨어나 '아직까지 안 자고 뭐 하니. 피곤하겠다.' 하고 말했다. 그러고 나서 거실 바닥에 널브러진 과제들 사이를 익숙하게 지나 화장실로 들어갔다. 그렇게 우리는 같이 산다고 해서 같은 시간을 살고 있는 건 아니었다.

이 집에서 유일하게 내 공간이라고 말할 수 있는 곳은 거실

한편에 자리를 잡은 책상과 책장이었다. 내가 초등학교에 입학할 무렵 고모가 마련해 준 것이다. 책상과 책장이 있던 자리에도 원래는 고모부의 물건들이 보관된 커다란 목재 진열장이 있었다. 고모부가 세계 곳곳을 돌아다니면서 모아 온 축구 관련 기념품과 수집물 들이 그 안에서 반짝였다. 진열장은 항상 잠겨 있었지만 나는 100원짜리 동전을 열쇠 홈에 넣고 돌려서 잠긴 문을 쉽게 열 수 있었다. 고모부 몰래 진열장 안에 전시된 기념품을 꺼내어 만지작거리면서 놀았다. 기념주화와 브로치, 키링, 주로 조그마한 소품들이 있었는데 그중에서도 기억에 남는 건 렌티큘러 키링이었다. 오팔 원석처럼 오묘한 색을 띠는 동그란 모양을 한 키링이 어린 내 시선을 끌었다. 손바닥 위에 올려놓고 움직이면 뿔이 달린 양 얼굴로 변했다가 축구 우승컵 모양으로 변하는 신기한 물건이었다. 그 키링이 왜 뿔 달린 양으로 변하는지 알 수는 없었지만 그렇게 알 수 없어서 신기하게 느껴지는 물건들이 진열장 안을 채웠다. 거실 진열장으로 부족한 물건들은 고모부 방으로 들어갔다.

고모부 방에서 고개를 들고 올려다보면 나무 장롱 위에 차범근, 차두리, 박지성, 홍명보…. 축구 선수들의 친필 사인이 담긴 축구공이 질서정연하게 전시되어 있었다. 나는 의자 위에 올라서서 고모부의 효자손으로 그 공들을 툭툭 친 다음 방바닥으로 떨어뜨렸다. 방바닥에 떨어뜨린 축구공을 내복 바람으로 힘차게 발로 차고 던지고 놀다가 고모부의 흔들리는 눈동자와 마주친 적이 있다. '그 높이 올려둔 걸 어떻게 꺼냈을까?' 하면서 고모부는 나를 차마 혼내지는 못하고 공을 주운 다음 다시 장롱 위에 자리를 찾아 올려두었다.

고모부 방 안에는 축구공 말고도 그가 모으는 것이 또 있었는데 페도라와 파이프였다. 파이프는 담뱃잎을 넣고 불을 지펴 피우는 일종의 담배인데 고모부가 파이프를 직접 피우는 것은 몇 번 보지 못했다. 고모부 방에 파이프와 페도라가 있다는 것은 대충 알고 있었지만 그것들을 모으는 취미가 있었다는 것은 고모부가 돌아가신 이후 유품 정리를 하면서 알게 되었다. 방 안에서 나온 무수히 많은 페도라의 안쪽 면에는 모자의 모양을 잡아 주는 빳빳한 종이가 단정하게 접혀 들어가 있었다. 고모부의 손으로 일일이 접어 넣어 두었던 것을 시간이 지나 내 손으로 하나씩 빼내면서 나는 그가 트렌치코트 차림에 페도라를 쓰고 있는 모습을 상상했다.

벽장은 경기장으로 들어갈 때 사용하는 스태프 목걸이 여러 개, 어디선가 받아 온 훈장들, 신문 기사와 사진을 스크랩한 액자 들로 빼곡했다. 신문 속의 고모부는 한 손에 축구공을 들고 국가대표 선수들과 함께 입장하고 있었다. 그 옆에는 히딩크 감독과 찍은 사진이 걸려 있었다. 액자 속의 고모부는 파란색 넥타이를 맨 정장 차림으로 귀엽게

브이를 하고 있었다. 그 사진을 보면 2002년, 모두가 축구에 열광하고 있던 때가 생각난다. 나도 동네 사람들 사이에서 커다란 스크린으로 경기를 보면서 '대한민국! 짝짝짝'을 외치고 있었는데 스크린에 고모부의 얼굴이 나왔었다. 아주 잠깐이지만 그가 아침에 입고 나간 옷차림 그대로 티브이에 나오자 우리 고모부라며 기뻐하던 내가 생각난다.

고모부는 2002년 월드컵을 선수들 옆에서 직관하고 있었다. 그는 오랜 시간 대한 축구 협회에서 섭외 부장으로 일했다. 그 일은 국가대표 선수들이 연습할 수 있도록 장소를 섭외하고 통솔하는 일이라고 고모가 그랬다. 그래서 고모부가 한창 바쁠 때는 국내외 할 것 없이 선수들과의 출장이 잦았고 집에 늦게 들어오거나 방을 비우는 일이 많았다. 고모부가 없는 고모부 방은 어린 내게 가장 재미난 놀이터였고 내가 가지고 싶어 했지만 가질 수 없는 단 하나의 방이었다.

그 집을 생각하면 모든 방문이 활짝 열려 있던 모습이 떠오른다. 사촌 집이나 친구가 사는 집에 놀러 가면 방문이 가지런히 닫혀 있는 것을 볼 수 있었는데 내가 사는 집은 그렇지 않았다. 고모부 방문은 닫히지 않도록 줄로 묶여 벽에 고정되어 있었다. 작은방의 문 사이에는 플라스틱 소쿠리가 끼워져 있었고 그래서 방문이 제대로 닫히지 않은 채로 언제나 조금씩 열려 있었다. 소쿠리 안에는 쓸고 닦기를 즐겨 하는 고모가 빨아 놓은 손걸레들이 똬리를 튼 모양으로 담겨 있었다. 화장실 문은 볼일을 볼 때를 제외하고는 늘 열려 있었다. 골방은 방문을 닫을 수 있는 문짝이 애초부터 없었다. 그러니까 환기가 안 돼서 답답하다는 이유로, 먼지가 쌓인다는 이유로, 공용 공간이라는 이유로 고모와 고모부는 집에 있는 모든 문들을 열어 두었다. 나는 이것을 오랜 시간 당연하게 받아들이며 살았다. 독립된 공간이 단 한 곳도 없었던 그 집은 어찌 보면 집 전체가 하나로 연결된 커다란 방이었다. 한편으로는 고모부와 같은 방을 쓰지 않는데도 같은 방을 쓰고 있는 것 같았다. 문이 전부 열려 있는 집에 살면 그런 기분을 매일 느끼게 된다. 모든 소리와 냄새와 감정이 방 안에서 흘러나오고 방 안으로 흘러 들어가기 때문이다.

고모부는 그 집에 살면서 사계절 내내 창문을 열어 놓고 지냈다. 몸에 열이 많은 그와는 반대로 나는 추위를 잘 느꼈는데 그래서 겨울이 가장 힘들었다. 고모부의 방문은 거실과도 연결되어 있었다. 겨울마다 거실까지 들이닥치는 찬바람을 참다 못해 그의 방으로 들어가 창문을 닫았다. 창문을 닫으면 불과 몇 분 후에 다시 거실로 찬바람이 불어왔다. 그때마다 나는 수면 양말을 한 겹씩 더 신고 겨울 잠옷 위에 두꺼운 집업 후드를 하나 더 껴입었지만 몸과 마음은 이미 썰렁해진 뒤였다. 안 그래도 추운 겨울이 그 집에 사는 동안 더 춥게 느껴졌다.

어느 날은 잠을 자고 일어났는데 눈과 코 안, 목구멍이 온통 파스 냄새로 얼얼했다. 누군가 내 얼굴을 양손으로 붙잡고 목구멍 안에다 액체 파스를 뿌린 듯한 그 느낌은 지금도 생생하다. 고모부는 종종 자신의 다리에 액체 파스가 범벅이 되도록 뿌렸다. 내가 고통스럽게 몸을 일으키면 옆에 있던 고모가 고모부에게 대신 화를 내 주는 것이 아침 일과였다. 고모부는 액체 파스 뿌리는 일을 멈추지 않았고 나는 그때마다 눈과 코, 목구멍이 얼얼해진 채로 일어났다. 나중엔 화도 잘 나지 않았다. 다만 말수가 줄었다.

말수가 줄어 고모부와 대화를 하지 않으면서부터 그의 이상한 장난이 시작되었다. 거실에서 불을 켜고 과제에 집중하고 있으면 고모부는 은근슬쩍 거실 불을 껐다. 그가 나에게 같은 방법으로 장난을 걸었던 횟수를 세어 보지는 않았지만 족히 100번은 넘는 것 같다. 고모부는 내가 100번 불을 켜 두면 100번 불을 껐다. 불을 끌 때마다 그만하라고 호소를 하는 것도, 호소를 하다가 화를 내는 것도, 화를 내다가 침묵으로 일관하는 것도 그에게는 통하지 않았다. 고모부는 더 자주 불을 끌 뿐이었고 그와 나의 사이는 그만큼 더 멀어졌다.

그러나 고모부와 내가 처음부터 먼 사이는 아니었다. 어릴 적에는 줄곧 고모와 고모부에게만 안겨 있었다. 고모와 고모부 외에 누군가가 나를 안으려고 하면 막무가 내로 울었다. 고모부의 품에 내 몸을 밀착시켜 그를 의지했고 그의 품이 가장 안전하다고 여기던 때가 있었다. 그렇지만 어느샌가 고모부와 나는 거실 스위치 하나를 사이에 두고 대치하게 되었다. 그와 나 사이에는 방과 방을 나누는 벽보다 더 두꺼운 벽이 생겼다.

고모부의 방 안쪽으로 침대가 있었고 거실 쪽으로 티브이를 두었다. 그가 무슨 프로그램을 보든지 그 티브이 소리가 내가 있는 거실까지 들렸다. 고모부가 나이 듦에 따라 소리를 잘 듣지 못하게 되면서 티브이 소리도 커져만 갔다. 나는 매일 공용 리모컨을 들고 고모부 방으로 팔을 뻗어서 볼륨을 낮췄다. 하지만 그는 얼마 지나지 않아 볼륨을 키웠다. 리모컨이 말썽인 것 같다면서 고장 나지도 않은 리모컨 탓을 했다. '가장 저렴한 가격 오만 구천구백 원! 슛! 슛! 골인!' 거실에서 고모까지 티브이를 틀면 거실에서 흘러나오는 쇼핑 채널 소리와 고모부 방에서 나오는 축구 해설 소리가 함께 섞여 들리는 곳이 우리 집이었다. 나는 고모부를 사랑하는 것과는 별개로 그 집에서 사는 내내 그에게 불편과 불만을 느끼곤 했다.

내 방이 없던 시절 마음을 놓을 수 있었던 장소를 돌이켜 생각해 보면 아무도 없는 집과 집 앞의 마당이었다. 빌라 앞 돌 턱에 앉아 마당을 바라보고 있으면 마음이 편안했다. 발밑에서 줄지어 어디론가 기어가는 개미들을 아무 생각 없이 바라보기도 했다. 앞마당에는 고모와 내가 기르던 작은 나무 하나가 있었다. 돌 턱에 가만히 앉아 있다가도 그 나무 앞을 맴돌면서 혼잣말을 하고 나면 속이 좀 편했다.

그 나무와의 만남은 여섯 살 무렵으로 거슬러 올라간다. 내게는 그 당시 동네 아파트에 있는 놀이터에서 친구들과 어울려 노는 것이 중요한 일과였다. 그곳에서 버려진 플라스틱 컵 하나를 주웠다. 그 플라스틱 컵에는 '고드름'이라고 적혀 있었다. 슈퍼에서 흔히 볼 수 있는 얼음 아이스크림이었는데 누군가 다 먹고 버려 둔 고드름 컵을 주워서 놀았던 것이다. 나는 집으로 돌아가기 전에 그 컵을 버리지 않고 안에다가 흙을 가득 채웠다. 그리고 놀이터를 감싸고 있던 나무들 사이에서 잔가지 하나를 꺾어다가 컵의 중앙에 꽂았다. 컵을 들고 그대로 집으로 가자 저녁밥을 하고 있는 고모의 뒷모습이 보였다. 흙이 묻은 티셔츠를 입고 꾀죄죄해진 얼굴로 고모에게 컵을 건네면서 선물이라고 말했다.

다음 날 아침 나는 앞마당에 있는 화단을 따라 걸어가다가 그 나뭇가지를 발견했다. 나뭇가지는 작은 화분에 담겨 감나무 옆에 자리를 잡았다. 나란히 서 있는 모습이 감나무의 새로운 친구처럼 보였다. 나무에서 꺾어 온 나뭇가지는 뿌리라고 할 것이 없었고 그렇기 때문에 저 나뭇가지가 머지않아 죽을 거라고 생각했다. 그런데 며칠이 지나고서 고모는 나뭇가지에 작은 싹이 올라온 것을 봤느냐고 내게 물었다. 예상과는 다르게 나뭇가지가 화분에 뿌리를 내리기 시작한 것이다. 여섯 살이었던 내가 스물다섯 살이 되는 동안 나뭇가지도 나와 함께 자랐고 한 그루의 온전한 나무로 컸다.

나는 스물다섯 살이 되던 해에 그 집에서 이사를 하게 되었다. 그런데 이사를 가는 집에는 마땅히 나무를 키울 수 있는 마당이 없었다. 그래서 고모와 나는 19년간 함께 길러온 그 나무를 첫 번째 집에 두고 이사하는 것이 좋겠다고 생각했다. 그 후 고모부와 고모, 나 우리 세 가족은 25년간 몸담고 살았던 첫 번째 집을 떠나 두 번째 집으로 거처를 옮겼다. 남겨진 나무는 아래층 아저씨가 맡아 주었다.

o

이사를 하고 나서 가장 적응이 안 되는 일은 집에 가는 길이 달라져서 핸드폰으로 지도를 켜고 가야 하는 것이었다. 집으로 가려면 몇 번 버스를 타야 하는지, 지하철은 몇 번

출구가 가까운지, 어느 골목으로 들어가야 하는지 헷갈렸다. 그날은 유독 날씨가 안 좋았다. 눈이 내리고 나서 비가 왔다. 걸을 때마다 발밑으로 비와 섞인 검은 눈이 질척였고 한 손에 우산을 들고 다른 한 손에 지도를 켠 채 핸드폰을 들고 걸었다. 그렇게 며칠간 우산을 펴면 비가 그치고 우산을 접으면 다시 비가 내리는 날이 이어지고 있었다. 해는 짧아지고 도로는 자동차와 길을 건너려는 사람들로 혼잡했다. 집으로 향하는 버스를 겨우 얻어 탔지만 서서히 밀리기 시작하더니 결국 한 편의점 앞에 멈춰 섰다. 창가 쪽 바 테이블에 서서 컵라면에 뜨거운 물을 붓고 있는 사람이 보였다. 물줄기를 따라 훈김이 훅 하고 솟아오르더니 공중으로 흩어졌다.

그날 버스 안에서 보았던 컵라면이 머릿속에 아른거려 집으로 돌아와 냄비부터 찾았다. 되도록이면 빨리 물을 끓여 뜨거운 컵라면 국물을 들이켜고 싶었다. 그러나 냄비는 좀처럼 보이지 않았고 부엌의 오른쪽 왼쪽 수납장을 모두 열어 본 후에야 냄비를 발견할 수 있었다. 두 번째 집에 이사를 오고 나서 물건들을 잘 정리해 수납장에 넣어 두었지만 막상 필요할 때 꺼내려면 한참이 걸렸다. 서로가 이 물건 어딨느냐 저 물건은 어딨느냐 물어보다 모르겠어요 모르겠는데 하고 대답했다. 그렇게 어떤 물건이 어디에 있는지 익숙해지기 위해서 시간이 필요했다.

가스레인지 위에 냄비를 올려놓고 물이 끓기를 기다렸다. 컵라면에 뜨거운 물을 붓고 다시 몇 분을 기다렸다. 기다리는 동안 아직 익숙해지지 않은 집 안을 눈으로 훑었다. 두 번째 집은 폭이 좁고 기다란 모양을 하고 있는 단독주택이었다. 신발을 벗고 들어와 긴 거실을 따라 들어가면 끝에 부엌이 있었다. 고모는 그 집이 부엌이 넓어서 좋다고 했다. 나는 내 방이 생겨서 좋았다. 거실 양옆으로 방이 있었는데 오른쪽에 내 방으로 들어가는 문이 있었고 왼쪽에는 창고 방과 고모와 고모부가 함께 생활하는 방이 있었다. 나는 그 집에서 25년 만에 처음으로 내 방이라는 것을 가지게 되었다. 그제야 침대 위에서 혼자 자는 기쁨을 느꼈고 방문만 닫으면 내 세상이 된다는 사실을 알게 되었다. 몇 분이 흐른 뒤 라면이 익을 때까지 손으로 잡고 있던 뚜껑을 젖히자 얼굴 위로 열기가 펄펄 뿜어 나왔다. 젓가락을 휘저어 면발을 한 젓갈 끌어 올렸다. 라면을 후후 불어 입으로 가져갔다. 무엇이 어디에 있는지 알 수 없는 그 집에서 따뜻하고 짭조름한 라면만은 유일하게 내가 알고 있는 그 맛이었다.

o

각자의 방이 생긴 이후에는 방으로 들어가 문을 닫고 아무 대화도 오가지 않는 날이 많았다. 싸우지 않은 평범한 날에도 그럴 때가 있었다. 대화가 없어도 고모는 밥 먹을 시간이 되면 방문을 노크 없이 열면서 대뜸 밥 언제 먹을 거냐고 물었다. 그녀는 내 방 책상 위에 하루에 세 번 꼭 아침, 점심, 저녁밥을 차려 주었다. 거실에는 테이블이 따로 없었기 때문이다. 밥을 다 먹고 배를 두드리고 앉아 있으면 제철 과일을 깎아서 후식으로 내어 주었다. 여름에는 자두와 복숭아, 겨울에는 딸기를 자주 먹었다. 방문을 마구 여는 일은 익숙해지지 않고 여전히 싫었지만 고모가 차려 주는 밥을 먹으면서 사랑으로 배부른 날들에 대해 생각했다.

그러나 이사 온 지 얼마 지나지 않아 집 안에 긴 정적이 흘렀다. 신발을 벗고 집에 들어오면 어둠 속에서 거실 불을 켜는 소리가 작게 울릴 뿐이었다. 노크 없이 문을 열고 들어와 끼니를 물어보는 고모도 없고 안방에서 티브이 리모컨으로 볼륨을 올리는 고모부도 없었다. 나는 안방의 빈 침대를 보면서 병원 침대에 누워 있을 그들을 떠올렸다. 고모부가 병원에 자주 입원하면서부터 혼자 밥을 차려 먹거나 밥을 거르고 잠드는 날이 많았다.

이른 아침에 눈을 부비면서 방 밖으로 나오면 소파 위에 고모의 두꺼운 겨울 외투가 널려 있었다. 고모는 부엌에 있었다. 그녀는 부엌에서 무언가를 분주히 만들고 플라스틱 통을 꺼내서 만든 음식을 눌러 담았다. 나는 그 뒤에 서서

'언제 들어왔어?' 하고 물었다. 고모는 방금 들어왔다는 말과 함께 아침을 차려 놓았다. 그녀는 내게 점심, 저녁에는 가스레인지 위에 있는 국과 냉장고에서 밥을 꺼내 데워 먹으라고 대답했다. 집에서 고모를 만날 때마다 '오늘은 집에 들어와?' 하고 물었는데 고모는 '오늘도 병원에서 잘 거야. 내일 아침에도 집에 잠깐 들를게.'라는 말만을 남기고 필요한 음식과 물건들을 챙겨 다시 집을 나갔다. 고모가 나가고 나면 현관문이 닫히고 잠기는 소리가 크게 들렸다. 그리고 다시 긴 정적이 찾아왔다. 고모는 고모부의 병실 간이침대에서 매일 밤 잠을 청했다. 언제부턴가는 언제 들어오냐는 질문도 하지 않게 되었던 것 같다. 아침에만 잠시 마주치거나 그마저도 볼 수 없는 날들도 있었다. 그런 날이면 밥과 국그릇 위에 짧은 메모가 남겨져 있었다. '국 데워 먹어라. 과일은 냉장고에 있다.' 대부분 비슷한 말이었다. 몇 달간 그 생활이 지속되었다. 어떤 날은 홀로 라면 하나를 끓이면서 문득 그런 생각을 했다. 둘이서 먹는 라면 맛이 다르고 혼자서 먹는 라면 맛이 다르다. 혼자서 차리고 혼자서 치우는 밥을 먹게 되었을 때 그런 맛에 대해 알아버렸는지도 모른다.

하루는 고모가 병원이 아닌 집에서 잠을 잔 날이 있었다. 바람이 무척 강하게 부는 날이었고 안과 밖의 온도 차이가 커서 창문에 온통 서리가 껴 있는 겨울이었다. 고모는 저녁 즈음에 병원에서 집으로 돌아왔다. 입고 있던 외투를 소파 위에 벗어 두고 부엌으로 갔다. 나는 고모가 소파 위에 던진 외투를 옷걸이에 걸어 두기 위해 한 손으로 외투를 들어 올렸다. 그 옷은 고모부가 작년 겨울에 고모에게 선물한 검은색 패딩이었다. 오랜만에 마주 앉아 따뜻한 밥과 국으로 저녁 한 끼를 먹고 고모는 고모부가 없는 안방으로 들어가 침대 위에 누워 티브이를 보기 시작했다. 나는 내 방으로 들어가서 누워 있다가 깜박 잠이 들었다. 우렁차게 울리는 핸드폰 벨소리 때문에 잠에서 깼을 때 방 안은 불을 켜지 않으면 잘 보이지 않을 정도로 컴컴해져 있었다. 벨소리는 거실 쪽에서 들려왔다. 방문을 열고 나가서 고모가 누워 있는 안방 앞에 섰을 때 벨소리가 커졌다. 고모는 핸드폰 벨이 머리맡에서 울리고 있는데도 듣지 못한 채 깊은 잠에 빠져 있었다. 고모의 핸드폰을 쥐었을 때 벨소리가 끊겼다. 문득 겁이 났다. 나는 병원에 있는 고모부의 전화일까 봐 핸드폰을 열어 누구에게 걸려 온 전화인지 확인했다. 저장되어 있지 않은 번호가 찍혀 있었다.

부재중 전화 화면이 꺼지고 나니 고모의 핸드폰 배경화면에 내 얼굴 사진이 나타났다. 핸드폰 조작을 어려워하는 고모는 가끔씩 내게 이런저런 질문을 했다. 사진은 어떻게 찍는 거냐. 찍은 사진은 어디로 들어가서 확인하는 거냐. 고모는 내게 촬영하는 법을 배워 어색한 솜씨로 자신이 찍고 싶은 것 앞에 서서 핸드폰 카메라를 들이밀고 사진을 남겼다. 앨범 속에는 고모부의 모습이나 고모가 바라본 꽃과 주변 풍경들이 담겨 있었다.

잠들어 있는 고모 머리맡에 앉아서 핸드폰을 내려놓으려다가 사진 앨범을 들어가 보았다. 앨범 속에는 고모부의 새로운 사진 몇 장과 잘못 찍힌 사진 한 장이 있었다. 잘못 찍힌 사진의 배경은 어두운 병실이었다. 그리고 핸드폰 속을 유심히 들여다보는 고모의 얼굴이 찍혀 있었다. 급히 전화를 받으려다가 자신의 얼굴을 실수로 찍은 것 같았다. 어둠 속 옅은 핸드폰 불빛에 반사된 고모의 얼굴. 사진으로 남은 그 얼굴에는 내가 모르는 근심과 슬픔이 있었다. 살을 맞댄 채로 수십 년을 함께 사는 가족이더라도 서로에게 들려주지 못하는 이야기가 있고 그것은 각자의 몫으로, 각자의 마음속에 품은 채로 지나가기도 한다. 그리고 그해 8월에 고모부는 세상을 떠났다. 두 번째 집으로 이사를 온 지 반년 만의 일이었다.

◦

고모부가 떠나고 난 다음 계절이 어떻게 지나간 건지 나도 잘 모르겠다. 내가 기억하는 건 점점 바람이 차가워졌다는 것과 그 충격으로 나는 다니던 회사를 관뒀다는 것, 고모가 매일 습관처럼 고모부의 유품을 정리했다는 사실 정도다. 고모부 없이 하루, 이틀, 한 달 계속 살다 보니 겨울이 지났다. 그해 겨울은 유독 견디기 힘들었던 것 같다. 그렇지만 나는 그사이 새로운 직장을 구해 이태원으로 출근을 했다. 아침마다 고모가 틀어 둔 뉴스에서는 올겨울 들어 최강 한파가 계속될 거라는 자막이 지나갔다. 이태원 사무실은 난방을 해도 추웠다. 설상가상으로 내부에 화장실이 없었다. 그래서 화장실에 가려면 외부로 나가 바로 옆 건물의 1층 화장실을 사용해야 했다. 화장실을 가기 위해 옆 건물로 옮겨 갈 때마다 무거운 유리문을 닫으면서 바람이 새어 나가는 소리를 들었다. 문틈으로 소용돌이치면서 새어 나가는 그 소리가 사람을 더 춥게 만든다고 생각했다.

여느 날과 다름없이 사무실의 불을 끄고, 목도리를 둘둘 감은 채 코트 주머니에 손을 찔러 넣었다. 칼바람을 헤치면서 집으로 돌아왔을 때 따뜻하게 데워진 거실 소파에 친할머니가 앉아 있었다. 어릴 적부터 할머니가 우리 집에 놀러 오는 것을 좋아했던 나는 그녀가 우리 집에 온 것이 반가웠다. 할머니와 만나는 건 좋았지만 헤어지는 건 싫었다. 어릴 때는 헤어지고 싶지 않은데 왜 헤어져야 하는지 몰라서 할머니가 다시 자신의 집으로 돌아가야 하는 날이면 엉엉 울었다. 고모와 할머니의 옷깃을 번갈아 가며 붙잡고 운 탓에 고모와 할머니의 옷은 내가 손으로 쥐었던 모양 그대로 늘어나 있었다. 고모는 할머니가 금방 다시 올 거라고 했지만 소용없었다. 그 이후부터 할머니는 내가 잠든 틈을 타서 새벽 첫차를 타고 집으로 갔다. 아침이면 사라진 할머니의 빈자리를 보면서 고모에게 화풀이를 하고 콧물 방울을 터트리면서 서럽게 울었던 기억이 난다. 할머니는 원래 자리로 돌아간 것뿐인데 그때는 그저 할머니와 헤어지게 된 것이 슬펐다. 그게 네 살, 다섯 살 때의 일이었다. 나는 어릴 적 두 손을 모아 할머니와 헤어지지 않게 해 달라고 자주 기도했다. 그러면 내가 믿는 신이 기도를 들어줄 거라고 단순하게 생각했다. 그러나 헤어지지 않게 해 달라는 기도는 언제부턴가 자연스럽게 바뀌었다. 모두가 헤어지게 되겠지만 언젠가 다시 만날 수 있게 해 달라는 기도가 되었다.

그 계기는 고모의 손에 이끌려 장례식장에 가면서부터였던 것 같다. 그곳에 가면 많은 사람들이 검은 옷을 입고 퉁퉁 부은 눈으로 울고 있었다. 어떤 사람은 검은 신발들의 짝을 맞춰 정리하는 데 여념이 없었고 어떤 사람은 음식을 나르느라 분주했다. 단 위에는 국화꽃이 나란히 놓여 있었다. 액자 속에는 온화한 미소를 짓고 있는 한 사람의 사진이 끼워져 있고 양옆으로 꽃 장식이 길게 이어져 있었다. 사람들은 그 앞에 둥글게 앉아 느린 찬송을 부르고 예배를 드리고 기도를 했다. 한편에 여러 겹의 비닐로 덮인 상이 있었다. 그곳에서 사람들은 촘촘히 앉아 식사를 했다. 아직 어렸던 나는 처음에 이게 어떤 상황인지 몰라 겁에 질린 얼굴로 그 자리에서 울어버렸다. 고모는 놀란 나를 안아 달래거나 손을 붙잡고 화장실로 가서 세수를 시켰다.

그렇게 내가 두려워할 때마다 그녀가 자주 해 주던 말이 있다. '누구나 나이가 들고, 늙고, 그래서 흙으로 돌아가게 된다. 몸은 언젠가 모두와 헤어지게 되지만 우리 영혼은 다시 만날 수 있다.' 그 말을 하는 고모의 얼굴은 어느 때보다 담담했다.

°

할머니는 고모부와 고모가 생활하던 안방에서 지냈다. 고모부가 없는 고모부의 방은 그동안 고모 혼자서 잠을 자는 데 쓰였지만 할머니가 오신 이후로 고모와 할머니 둘의 방이 되었다. 할머니는 생활하는 장소가 바뀌어도 부지런하고 단정한 생활을 했다. 매일 새벽 5시에 일어나 빗으로 머리를 곱게 넘기고 작은 면 수건으로 눈곱을 떼고 세수를 했다. 그리고 동이 트기 전 작은방으로 들어가 기도로 하루를 시작했다. 자신을 비롯해 가족의 이름을 한 명 한 명 불러가면서 기도했다. 여섯 남매였으니 여섯 사람과 그녀의 손녀 손자들까지 기도를 하려고 치면 앉은 자리에서 서너 시간은 금세 지나갔다. 어릴 적엔 할머니가 아침마다 작은방으로 들어갈 때 나도 그 뒤를 쫓아서 방으로 들어갔다. 방 안에서 할머니의 무릎을 베고 누운 다음 기도하는 목소리를 자장가 삼아 듣다가 다시 잠에 빠져 들었다.

할머니와 아침 인사를 하고 퇴근 후에는 집으로 돌아와서 함께 저녁을 먹었다. 할머니와 함께 지내는 일상은 며칠이 더 흘렀다. 저녁밥을 먹고 나면 할머니와 소파에 나란히 앉아 쉬었다. 오늘 산책은 다녀왔는지. 하루는 어땠는지. 할머니에게 물어보면 할머니는 내 손을 잡고 오늘 하루에 대해서 조곤조곤 이야기해 주었다. 나는 할머니의 굽은 등을 부드럽게 어루만졌다. 그 안쪽으로 단단히 굳은 뼈가 느껴졌다. 20여 년 전 할머니의 고집으로 온 가족이 놀랄 정도의 큰 사고가 났었다. 할머니의 굳은 등뼈는 그 사고의 흔적이다. 눈이 쏟아지던 일요일에 할머니가 교회를 가겠다고 길을 나섰다가 빙판길에서 넘어졌다. 넘어지면서 허리를 다쳤고 곧장 병원에 입원해 수술을 마쳤지만 할머니의 허리는 사고 이전으로 돌아오지 못했다. 수술 이후에 그녀의 허리는 기역자로 굽었고 그때부터 허리가 앞으로 고꾸라진 꼬부랑 할머니가 되었다. 내게는 허리가 꼿꼿한 젊은 날의 할머니보다 허리가 휘어 있는 모습이 더 익숙했다.

할머니는 일주일, 한 달이 지나가도 원래 지내던 곳으로 다시 돌아가지 않았다. 그러나 그녀의 짐은 곧 다시 돌아갈 것처럼 분홍색 보자기에 싸여 있었다. 할머니는 우리 집으로 오기 전 큰고모 집에서 함께 살고 있었다. 그녀는 자신이 원래 있던 곳으로 돌아가고 싶어 했다. 그럴 때마다 고모는 할머니에게 곧 큰고모의 집으로 돌아가게 될 거라고 안심시켰다. 그러나 고모는 나를 따로 불러 조그마한 목소리로 할머니는 돌아가지 않을 것이고 우리와 함께 살게 될 거라고 했다. 몇 주 전 가족 회의에서 할머니의 거처를 다시 결정해야 하는 상황이 있었는데 고모가 할머니를 자신이 모시겠다고 결심한 것이다. 고모부의 방을 정리한 지 얼마 지나지 않아 그의 방과 그의 침대는 어느새 할머니의 방이 되고 할머니의 침대가 되었다. 나는 할머니를 데려온 고모의 마음을 생각했다. 고모에게는 삶을 이어 나갈 무언가가 필요한 거라고 생각했다. 언제부턴가 할머니는 돌아가고 싶은 마음도 점점 잊는 것 같았다. 잊고 고모와 나와 함께 지내는 삶에 익숙해져 갔다.

계절이 한 바퀴를 돌아 다시 겨울이 찾아왔다. 봄과 여름 내내 작은 구루마를 밀면서 동네를 산책하던 할머니는 집에서 보내는 시간이 많아졌다. 겨울에는 비와 눈이 쌓여 미끄러워진 길바닥 탓에 산책을 하지 못했다. 나는 집에 있는 할머니를 생각하면서 퇴근길에 종종 꽃집에 들렀다. 점원에게 오래 볼 수 있는 꽃이면 좋겠다고 말했다. 점원은 아직 피지 않은 봉오리가 매달린 꽃나무를 건네거나 시들지 않고 오래가는 꽃들을 골라 손에 쥐여 주었다. 할머니는 내가 사 온 꽃을 머리맡 탁자에 올려 두었다. 할머니는 꽃을 손으로 어루만지거나 한참 동안 바라봤다. 그녀는 잠을 자고 일어나면 하루가 다르게 꽃봉오리가 피어나기 시작한다면서 매일 꽃의 작은 변화에 대해 이야기했다. 나는 그 무렵 할머니와 돌아오는 봄에 꽃구경을 가자는 약속을 했었다.

그녀와 그 집에서 마지막으로 대화를 했던 날은 내가 1박 2일로 친구 집에 놀러 가기로 했던 날이었다. 하루치 지낼 배낭을 메고 할머니 방으로 들어가 인사를 했다. 할머니에게 '친구 집에서 하룻밤만 자고 다시 올게.' 하고 말했다. 그녀는 나의 손을 어루만지면서 '없는 동안 보고 싶어서 어쩌냐.' 그 말을 서너 번 반복했다. 침대에 앉아 있는 할머니를 뒤로하고 돌아 나오면서 그 인사가 마지막 인사가 될 거라는 걸 몰랐다. 그리고 다음 날 아침, 친구 집에서 일어났을 때 할머니가 집에서 쓰러졌다는 소식을 전화로 듣게 되었다. 할머니는 집을 떠나 병원에 입원했고 고모와 나는 여전히 그 집에 살면서 할머니가 누워 있는 병실로 일주일에 두 번 정도 면회를 다녔다. 집에서부터 여의도 근처에 있는 병원을 오갈 때마다 택시를 탔고 창밖으로 하얀 벚꽃이 소리 없이 흩날렸다. 할머니는 겨울에 이 집에 온 다음 우리와 1년을 함께 보내고 이듬해 4월에 돌아가셨다.

장례식을 치르고 가족들과 장지로 향했다. 할머니는 생전 그녀가 다닌 교회에서 관리하는 넓은 묘원에 묻혔다. 주변을 둘러보니 잘 관리된 벚나무가 듬성듬성 서 있고 연두색을 띤 잔디 새싹이 올라오는 게 보였다. 누군가의 묘비 주변으로 나비가 낮게 날고 있었다. '마지막이 될 줄 알았다면….'으로 시작하는 말은 고모가 틀어 놓는 티브이에서나 자주 들었던 것 같은데. 할머니와의 마지막을 떠올릴 때마다 내가 그 말을 하고 있다. 모든 장례 일정을 끝내고 며칠 만에 다시 집으로 돌아와 고모와 나는 다시 둘이 된

서로를 바라봤다.

°

삶이 미세한 흔들림의 연속이다. 걸음을 멈춰 서서 큰 나무 하나를 올려다보았다. 머리 위로 흔들리는 잎사귀들을 보면서 옆에 있던 고모는 '곧 여름이구나.' 하고 낮게 말했다. 할머니가 돌아가신 이후로 고모와 나는 동네 주변을 자주 걸어 다니면서 바람을 쐬었다. 이 동네에는 크고 오래된 나무들이 많이 살고 있는데 100년 이상을 살아 온 나무처럼 보였다. 커다란 나무들은 어느새 푸르게 우거져 큰 그늘을 여기저기에 만들어 놓고 있었다. 어린아이들이 한바탕 떠들다 간 나무 밑에는 머리가 하얗게 센 할아버지가 지팡이를 곁에 세워 두고 앉아 있었다. 나도 며칠 전 그 나무 아래 벤치에 처음으로 앉아 봤다. 그리고 가만히 앉아 바람이 내는 소리를 들었다.

나는 혼자 산책을 나와서도 그 나무 아래 앉아서 가끔씩 숨을 돌렸다. 잠시 기댄 벤치가 마치 사람의 어깨 같기도 했다. 하루는 홀로 산책을 나왔다가 벤치에서 일어나 집 근처 꽃집에 들러 작은 꽃 한 묶음을 포장한 뒤 집으로 갔다. 익숙한 골목을 걸으며 고모를 생각했다. 고모가 없는 생활은 상상이 잘 되지 않는데, 그런 걸 생각하다 보면 할머니가 돌아가셨을 때 느꼈을 고모의 심정을 가늠할 수 없었다. 나는 할머니를 잃어 슬펐지만 고모는 엄마를 잃어 슬펐겠지. 이제 세상에 '엄마' 하고 부를 사람이 없어진다는 건 무슨 느낌인 걸까. 마음에 커다란 구멍이 뻥 하고 뚫리는 느낌일까. 구멍은 나날이 커져 결국엔 구멍 자체가 마음이 돼 버리는 건 아닐까. 헤어지는 과정은 모든 것이 이상하리만치 차분했다. 마지막 정리를 도와주던 요양 병원 직원도. 응급차에 할머니를 옮기던 남자도. 장례식 절차를 안내하던 여자도. 천천히 밝아오던 아침도. 당장 내일 헤어져도 이상할 것이 없는 게 사람이고, 삶인 것 같다는 생각을 하면서 나는 급히 셔츠 소매를 끌어다 눈물을 닦았다.

그 셔츠는 지금 옷장 서랍 속 어딘가에 가지런히 접혀서 여름을 기다리고 있을지도 모르겠다. 세 번째 집으로 이사를 오면서 그 셔츠를 버린 기억이 없으니까 아마도 내 기억이 맞는다면 서랍 속에 있을 것이다. 두 번째 집을 생각하면 고모부의 침대였다가 다시 빈 침대가 되고, 할머니의 침대였다가 다시 빈 침대가 되는…. 이제는 주인이 없어진 짙은 밤색의 원목 침대가 떠오른다. 고모는 세 번째 집으로 이사하면서 그 침대를 버렸다. 많은 걸 버리며 비워 내려고 했음에도 한 번씩 그 집 안에 흐르던 정적이 떠오른다. 그릇과 그릇이 미끄러지는 소리. 물방울이 떨어지는 소리. 방문에 걸어 놓은 수건이 툭 하고 떨어지는 소리. 작은 소리가 정적 속에서는 더 크게 울렸었다. 그 소리는 가구나 옷처럼 내다 버릴 수 없는, 사라지지 않는 상실에 대한 기억이다.

◦

그 나무는 잘 있을까? 고모와 둘이 앉아서 차를 마시다가 첫 번째 집에 두고 온 나무의 이야기가 나왔었다. 세 번째 집에서 살고 있는 우리는 아직도 그 나무의 안부를 궁금해했다. 시간이 지나서 고모에게 왜 그 나뭇가지를 버리지 않고 심었느냐고 물어본 적이 있었다. 고모는 네가 선물이라고 들고 온 것을 버릴 수 없었고 그 나뭇가지가 잘 자라길 바라는 마음이었다고 했다. 고모는 작은 것을 그냥 지나치지 못하는 사람이었다. 숲으로 여행을 가면 손가락에 토끼풀로 반지를 엮어 주고 바다로 여행을 가면 조개를 줍는 사람이었다. 고모의 어릴 적 꿈은 간호사 아니면 성악가라고 했다. 간호사는 아픈 사람들에게 자신이 도움이 되는 것과 보살피는 일에 기쁨을 느끼기 때문이고 성악가는 어릴 적 교회 성가대 선생님께 인정을 받으면서 생긴 꿈이라고 했다. 고모는 커서 고모부를 만나고 가정주부가 되었다. 간호사와 성악가와는 거리가 먼 삶이었지만 교회에서 식당 봉사와 치매 노인 봉사처럼 늘 누군가를 돕는 일을 하면서 지냈다.

요리 솜씨가 좋았던 고모는 교회 어린이집에서 식사를 담당하는 선생님으로 10년 넘게 근무하고 일흔이 되는 해 정년퇴직했다. 10여 년간 다닌 직장이 사라진 후에도 고모의 일상은 계속되었다. 하지만 무언가 달랐다. 일을 다니는 동안 아이들을 만나고 그들을 보살피는 것이 고모 삶의 원동력이었다. 그래서 일이 사라진 이후 그녀는 집에서 한동안 나가지 않았다. 더 이상 출근하지 않고 일을 하지 않는 삶은 일시 정지 버튼을 누른 것처럼 고모를 멈춰 세웠다. 그러던 어느 날 부엌에서 설거지를 하고 있던 고모가 솔직히 마음 같아서는 일을 더 하고 싶었다고 했다. 그다음 자신의 나이가 10년만 젊었어도 무엇이든 해 봤을 거라는 말도 했다. 무릎이 아프다면서 매일 신음 소리를 내고 거울을 보면서 머리카락을 염색했다. 고모는 이제 염색하지 않으면 머리카락이 하얗게 자라나는 나이가 되었다. 갈수록 더 자주 염색을 해야 하는 게 귀찮았던 고모는 이제 그냥 백발로 길러 볼까 혼잣말을 하다가도 플라스틱 그릇에 염색약을 짰다.

그녀는 다시 자신의 일과를 만들기 시작했다. 낮에는 목욕탕에 가서 목욕을 하고 밤에는 한강으로 운동을 다녀왔다. 화투가 치매 예방에 좋다면서 두 다리를 벌려 앉아 그 사이에 패를 섞고 나 홀로 화투를 쳤다. 그리고 눈에 띄게 집 안을 청소하고 정리했다. 사람은 나이가 들수록 자신의 짐을 줄이고 정리해 두어야 한다며 자신의 옷들을 하나둘 정리했다. 동시에 고모는 특별한 날이 아님에도 말없이 몸보신을 할 수 있는 음식을 만들었다. 인삼을 푹 고아서 차를 만들거나 고기를 삶았다. 그리고 내 앞에 요리들을 차려 놓으면서 입을 뗐다. 자신이 살아 있을 때 든든히 먹어두어야 한다고. 김이 모락모락 피어나는 음식을 앞에 두고 그녀는 종종 오늘이 마지막인 것처럼 이야기했다.

나는 고모에게 지금으로부터 20년은 더 살게 될 거라고 말했지만 그녀는 계속해서 자신의 짐을 버리거나 정리해 나갔다. 어느 날 옷방 안에 고모의 옷들이 현저히 줄어 있는 걸 발견했다. 그럼에도 고모의 방 안에는 고모부와 함께 찍은 사진과 내 사진이 붙어 있었다. 부엌 한편에는 어린이집에서 일을 할 때 아이들에게 받은 감사 편지와 업무 스케줄 표가 인쇄된 종이 더미들이 자석으로 냉장고에 고정되어 있었다. 한편으로는 정리를 하면서도 한편으로는 자신의 삶을 기억하고 싶어 하는 고모의 모습을 보면서 나는 한 번씩 크게 서글퍼졌다. 고모는 없고 고모의 기억과 흔적만 남은 집을 상상해 버렸기 때문이다.

그녀는 고모부와 내 사진이 붙은 방에 앉아서 드라마나 다큐를 틀어 두고 훌쩍거리길 잘했다. 왜 울고 있느냐는 물음에 티브이에 나오는 사람들이 안타깝고 슬퍼서 운다고 했다. 언젠가 고모의 뒤통수를 바라보면서 저 사람들도 슬프겠지만 우리도 슬픈 사람들이야 하고 말했다. 어떤 날은 또 우느냐면서 고모에게 휴지를 건넸다. 나는 그 모습을 오래 지켜보면서 그녀가 사실 강하기보단 두려움이 많은 사람이라고 생각했다. 그녀는 화를 쉽게 내며 돌려 말하지 않기 때문에 누군가에게는 강한 성격을 가진 사람처럼 보였지만 적어도 나에게 고모는 세상을 대할 때 조심성이 많고 눈물이 많은 사람이라고 여겨졌다. 나에게도 고모와 닮은 면이 있었다. 여행을 가서 조개와 풀 더미를 주워 오는 습관, 무엇이든지 한 번 두 번 확인하면서 조심하고 보는 것, 돌려 말하지 않고 솔직하게 말하는 것. 그러나 고모가 화를 많이 내는 사람이기 때문에 나는 그와 반대로 화가 나면 평정을 되찾으려고 애쓰는 사람이 되었다. 모두 고모에게서 온 내 모습이다.

°

며칠 전 첫 번째 집 앞을 지나다가 그 집 앞마당에 혼자 들어가 보았다. 세 번째 집에서 얼마 떨어지지 않은 거리에 있는 그 집 앞을 종종 지나쳐 갔지만 앞마당까지 들어가 본 것은 오랜만이었다. 내가 기억하는 나무의 마지막은 자줏빛이 도는 커다란 플라스틱 화분에 심어져 있는 모습이었다. 그런데 늘 같은 위치에 같은 모습을 하고 있던 그 나무가 없었다. 뒷마당으로 옮겨졌나 싶어서 뒷마당에도 가 봤지만 찾을 수 없었다. 나무의 안부가 궁금했던 나는 한참 그 집 마당을 어슬렁거리다가 아래층 아저씨 집에 노크를 해 봤다. 이곳에 살 때 '지혜예요.' 하고 외치면 현관문이 열리고 아래층 아저씨가 나왔었다. 그걸 생각하면서 그날도 똑같이 '지혜예요.'를 외쳐 보았다. 잠시 뒤에 현관문이 열리고 아저씨가 나왔다. 오랜만이었지만 그는 나를 어제 본 아이처럼 바라보면서 친근한 인사를 건넸다. 문을 사이에 두고 아저씨에게 그 나무는 어떻게 되었는지 물어봤다. 알고 보니 나무는 그동안 몸집이 커지면서 뿌리가 화분을 뚫고 나갔다고 했다. 결국 화분을 자르고 땅에 나무를 옮겨 심었는데 이미 훌쩍 큰 나무를 겨우 옮길 수 있었다고. 아저씨의 말을 듣고 뒤를 돌아 다시 한번 앞마당을 바라보니 화분이 있던 자리에 커다란 나무 하나가 우두커니 서 있는 게 보였다.

고모는 나를 키운 사람이기도 하고 그 나무를 심은 사람이기도 했다. 그리고 내가 태어났을 적부터 이곳에 뿌리를 내리고 살 수 있도록 도움을 준 것도 그녀였다. 그렇게 생각하면 이 나무가 곧 나 자신처럼 느껴졌다. 어느 날 뿌리도 없이 나뭇가지로 이 마당에 찾아온 모습도 왠지 나와 닮았다. 나도 어느 날 고모와 고모부가 사는 집으로 찾아왔으니까. 나무는 처음엔 조그마한 뿌리를 내렸지만 지금은 화분을 뚫을 정도로 깊고 단단한 뿌리를 내려 비로소 땅 위에 안착했다. 그 모습을 보면서 나도 너처럼 살 수 있을까? 어릴 때처럼 마음속으로 나무에게 말을 걸어 보았다.

고모에게 이 이야기를 전해 주었더니 그 나무가 우리 없이 혼자서도 잘 컸다는 것이 대견하다고 말했다.

고모와 차를 다 마시고 나서 소반을 옆으로 치웠다. 그리고 말이 나온 김에 어릴 적 사진 앨범을 꺼내 보았다. 앨범 속에는 우리가 처음 살았던 첫 번째 집 사진이 가장 많았다. 첫 번째 집에서 찍은 사진 중에는 나무가 지금처럼 크지 않았을 때 내가 남겨 놓은 사진이 있었다. 그 옆에서 할머니와 나, 고모와 고모부 이렇게 넷이서 나란히 찍은 사진도 있었다. 나무가 이렇게 작았구나. 우리가 이렇게 함께였구나. 그런 생각을 하다 보면 결국 마음의 고향이라는 건 만져지거나 눈에 보이는 실체라기보다 각자의 마음 안에 존재하는 무언가일지도 모르겠다고 생각했다. 내가 마음의 고향으로 생각하는 첫 번째 집 앞마당에는 훌쩍 큰 나무 한 그루뿐이지만, 사랑하는 이들과 머물렀던 기억은 그 나무처럼 그 자리에 남아 언제까지나 머무르고 있을 것 같다.

o

눈을 떴을 때 어제 고모와 함께 보았던 사진 앨범 두 권이 책상 위에 그대로 있었다. 아침에 일어나서 가장 먼저 하는 일은 물을 한 잔 마시고 창문을 여는 것이다. 창밖의 세상은 밤새 내린 눈으로 하얗게 덮여 있다. 주말에는 주로 이렇게 느긋하게 창문 밖을 보면서 아침을 시작했다. 어제는 주말을 기다리는 마음이 간절했던 것인지 금요일을 토요일로 착각했었다. 고모는 알람을 듣지 못하고 자는 나를 깨우지 않았고 덕분에 회사에 지각할 뻔했다. 퇴근을 하고 나서 다시 집으로 돌아와 고모와 저녁을 먹었다. 무슨 일이 있었는지 서로 이야기를 하면서 싸우다가 웃다가 각자의 방으로 돌아갔다. 밤에는 방 안에서 향초를 켜 두고 책을 읽었다. 눈이 내린 날 밤에는 모두가 일찍 귀가를 하는 것인지 평소보다 거리와 골목이 조용했다. 술 취한 사람이 노래를 부르지도 않고 누군가 싸우거나 크게 웃는 소리도 없었다. 사소하고 귀한 행복들. 너무나도 많은 슬픔들. 다 지나가고 고모와 내가 남아 있다.

탁상용 거울

서로 보이지 않는 곳에서 각자 웃거나
각자 우는 일이 더 많아질지도 모른다.

버스에서 1

전부 지나가고서
겨울만 남았다.
철 지난 감정은
겨울에 듣는 여름의 노래
이제는 반듯하게 접어
서랍 속으로 정리해야 하는
반팔 티셔츠 같은 것.
내리는 사람은 없고
타는 사람만 있는
만차 버스에 서 있었다.

버스에서 2

어젯밤 버스 의자에 앉아 있다가 갑자기 우는 사람의 뒷모습을 봤다. 그건 청승이 아닌 것 같아. 굵은 눈물 방울이 송골송골 맺혀 있다가 굴러떨어지는 아픔인 거지. 아파 본 사람들은 아픈 사람의 들썩이는 어깨를 알아본다.

식탁에서 1

뜨거운 카레 위로 김이 피어 올라오는 것을 바라보았다. 한 손에는 숟가락을 쥐고 있었다. 할머니가 종종 꿈에 나왔고 나는 꿈에서도 할머니가 흘리는 밥풀을 치우거나 국물을 닦았다. 할머니의 건조한 입술에 새끼 손가락으로 립밤을 발라 주었다. '나이가 많아서….' 할머니는 음식을 흘릴 때마다 자주 하던 말을 꿈에서도 했다. 그런 꿈을 꾸고 일어나면 하루가 늘어지도록 슬펐다. 슬펐지만 평소에 하던 일을 멈추지 않았다. 식탁에 앉아 밥을 먹고 내게 주어진 일을 하면서 돈을 벌었다. 하던 일을 계속하는 것만이 나의 유일한 일과인 것처럼. 지난 저녁, 문 아래로 슬그머니 지나가는 동네 고양이를 보았다. 모든 일들은 하나둘 지나가고 삶은 징검다리처럼 이어졌다. 드문드문 누군가 찾아오고, 떠나갔다.

식탁에서 2

시간이 알아서 해결해 줬으면 좋겠다고 생각한 날도 있었다.

눈 내리는 오후

맑게 갠 하늘에 갑자기 눈이 날리기 시작했다.
따사로운 햇살을 맞으면서 동시에 펑펑 내리는
눈을 맞고 서 있자니 이상한 기분이 들었다.

우리 건물 아래로 잠시 피해 있을까.
세상에는 이해도 안 되고 설명도 안 되는 일이 너무 많으니까.
그저 '모르겠어'라고 작게 말한 뒤에
어깨를 한 번 들썩이고 말아야겠지.
버스 안에서 잠시 두 눈을 감았다가 그대로 잠이 들었다.
괴로운 일에는 되도록 적은 시간을 할애하고 싶은 것이다.

실토

삶이 좀 살 만하다고 느껴질 때가 있고 그렇지 않을 때가 있다. 내 삶이 살 만하다고 느껴지지 않는 날에는 집으로 돌아와 뜨거운 물에 재깍 몸을 담갔다. 말없이 물기를 닦고 손등 위에 로션을 짰다. 튜브 타입으로 된 로션 통 안으로 공기가 들어갔다가 빠져나오는 소리가 들릴 뿐 로션이 잘 나오지 않았다. 어떤 날은 방심하는 사이 어마어마한 양의 로션이 손등 위로 흘러 버릴 때가 있었는데 로션을 마구 토해 내는 그 모습이 마치 내게 성이라도 내는 것 같았다. 너도 마땅히 쏟아 낼 곳이 없나 보구나. 나는 그 마음을 이해하기로 했다. 손가락으로 로션을 덜어 내 팔과 다리에 나눠 바르고 침대 위에 몸을 눕혔다. 오늘은 단지 내 삶이 살 만하다고 느껴지지 않은 날. 로션을 짜는 일마저 내 마음대로 되지를 않던 날. 그런 날에 불과하다.

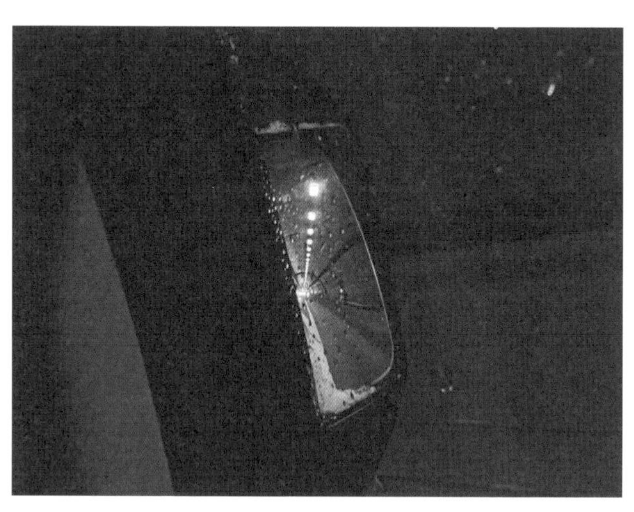

막차

술에 취해서 앞으로 고꾸라지듯 잠든 사람이
기도하는 사람처럼 보이던 날.

알람을 끄면서

아침 사과를 반으로 쪼개듯 마음이
쩍 하고 갈라진 날도 있었다.

새 아침

한적한 동네의 뒷동산을 올랐다. 발아래에는 몇 주 전에 내린 눈이 녹지 않고 쌓여 있었고 땅을 밟으면 눈 속으로 발이 푹푹 꺼졌다. 새해 첫날에는 집으로 돌아와 뭉근해진 밥을 뜨면서 나는 네가 계속해서 행복하길 바란다고 몇몇 사람들에게 인사를 보내 두었다.

행과 불행이 티브이 리모컨을 두는 자리처럼 늘상 마주하는 가까운 곳에 놓여 있다. 모르는 사람들이 티브이 속에서 새해 인사를 건네고 있었다. 올해에는 네가 원하는 것을 다 이루고 행복하길 바란다는 덕담이 왠지 작년에는 네가 그렇지 못했다는 말로 들리기도 해. 나는 우리가 지난날 누렸던 행복을 기억하고 계속해서 누리길 바란다는 말을 하고 싶었던 것 같다.

눈발이 느리게 흩렀다. 바람이 부는 방향을 따라 이리저리 흩어졌다. 해가 또 바뀌었다는 사실에 달력을 바라보면서 하루, 이틀…. 이미 시작된 1월을 눈으로 세어 보았다. 우웅 보일러가 돌아가는 소리를 들으면서 겨울은 밖에도 있고 우리 안에도 있다고 생각했다. 그러니 안팎으로 춥지 않게 옷도 잘 여미고 괜찮다는 말을 자주 남기고 싶었다. 다 괜찮아요. 시간이 우리에게 가져다주는 건 한결 괜찮아진 마음이에요. 그렇게 살길 바라고 있다.

통화

봄 오면 꽃 보러 가자고 했던 거.
산책하자고 약속했던 거.
두고두고 생각이 나겠지.
사랑했던 만큼 생각이 나겠지.
시도 때도 없이 떠올라 괴로운 거.
덜컥 울음이 터지는 거.
시간도 그다지 해결해 주진 못하겠지.
이런 일 앞에선 시간도 무용지물이 된다.

달걀 프라이

어제는 길을 걷다가 남의 집 담장 사이로 삐져나온 꽃나무를 구경했는데 집으로 돌아와 외투를 걸면서 오른쪽 어깨에 작은 꽃잎 하나가 조용히 업혀 왔다는 것을 알았다. 거실에 있던 달력을 넘기면서 사인펜으로 할머니의 기일에 표시를 했다. 사랑하는 사람들을 잃고 난 이후에 나는 이길 수 없는 그리움에 대해 자주 생각했다. 이따금씩 사람의 무릎에 엎어져 서럽게 울고 싶어도 매일 서럽기만 할 수도 없어서 고모와 나는 금세 밥 한 공기를 뚝딱 해치우고 동그랗게 된 배를 어루만졌다.

소낙비

울음도 웃음도 일정한 시간이 지나면
서서히 그치기 마련이라 울 수 있을 때 울고,
웃을 수 있을 때 웃는 편이 좋은 것 같아요.

인사말

봄비가 내리는 날에 한별이가 떠났다는 소식을 들었다. 창문 사이로 비가 튀어 축축한 날이었다. 2년 전 출장이 잦은 사촌 오빠의 강아지를 고모와 내가 한 달간 보살핀 적이 있었다. 할머니가 봄에 돌아가시고 난 후 한별이는 그해 가을에 집으로 찾아왔다. 그 강아지는 매일 아침마다 산책 가자는 눈빛을 보내면서 고모와 나를 집에서 밖으로 꺼내 주었다. 우리는 불이 모두 꺼진 방 안에 있다가도 세상의 빛을 보러 나가야만 했다.

한별이는 몸을 동그랗게 말고 허리춤이나 발밑에 붙어 잤다. 밤새 누웠던 자리가 뜨끈하게 데워져 있었다. 몸을 일으켜 이불을 모두 정리할 때까지 그 강아지는 동그랗고 까만 눈으로 나를 바라봤다. 한 달째 되는 날 아침 한별이는 다시 사촌 오빠에게로 보내졌고 지금의 나는 그때와는 다른 집에서 다른 생활을 하고 다른 사람들을 만나면서 살고 있다.

마지막일 때 마지막이라는 걸 알 수 없어서 서로를 최대한 오래 끌어안아 줄 수밖에 없다고 생각했다. 인사는 잠깐인데 우리는 오래 헤어진다. 창을 열어서 큰 숨을 들이쉬고 내쉬니 봄의 냄새가 깊숙이 들어왔다. 비에 젖은 땅에서부터 올라오는 냄새였다. 올봄에는 아무도, 아무것도 잃지 않았으면 좋겠다. 춥고 긴 겨울 함께 살아 냈으니 봄에도 함께 살았으면 좋겠다. 담장 너머로 핀 꽃을 구경하면서. 들을 수 있을 만큼의 커다란 목소리로 이름을 불러주면서.

춘곤증

자고 싶어.
계속 자고 싶어서 두 눈이 감긴다.
봄도 이렇게 가는 건가.
이러다 다시 여름이 올 건가.
계절이 가고 오는 게
때로는 너무 고맙고
때로는 너무 잔혹하게 느껴져서.

교차로

어디로 흘러가는 거지? 어디로 흘러가는지 생각해 봤자 아무도 몰라. 한강이 눈앞에서 사라진 후에는 푸른 나무들이 순식간에 지나가고 고개를 돌려 보면 사람들의 눈동자 속에서 초록이 빛나고 있었다. 그럴 때면 내가 어디로 흘러가는지, 얼마나 흘러갈 수 있는지 궁리하던 것도 잠시 동안 잊을 수 있었다.

청소

노란 볕이 방 안으로 새어 들었다. 닫아 두었던 블라인드가 열린 채로 있는 걸 보니 외출을 한 사이 고모가 창문과 블라인드를 모두 열고 방 청소를 한 모양이었다. 애정은 어떤 방식으로든 이렇게 흔적을 남긴다.

집으로 돌아가는 길

지하철에 앉아서 작년 봄에 다녀오지 못한 할머니의 산소를 올해는 꼭 다녀와야겠다는 생각을 했다. 할머니의 산소에 비해 거리가 먼 고모부의 산소는 안동 어느 낮은 산자락에 있다. 지도에도 나오지 않는 그곳에 갈 엄두가 나지 않아서 고모부가 돌아가신 이후로 나와 고모는 한 번도 고모부를 만나러 가지 못했다. 매일 눈뜨면 만날 수 있던 사람이 이제는 찾아가기도 힘든 먼 곳에 누워 있다.

어떤 소설에서 사람의 영혼은 죽고 나면 자신이 가장 행복했던 곳으로 다시 돌아가기도 한다고 그랬는데. 그럼 고모부는 우리 세 식구가 함께 살았던 그 집으로 돌아간 건 아닐까? 짧은 상상을 이어 가다가 정신을 차렸다. 맞은편 문에 기대어 있던 사람이 자신이 두 팔로 안고 있던 과자 봉지들을 바닥에 쏟았기 때문이다.

지하철에서 나와 포장마차 앞을 얼쩡이다가 붕어빵을 사서 집으로 걸었다. 붕어빵 냄새를 맡으면 고모부가 식지 않게끔 품에 안고 왔던 붕어빵이 생각났다. 그 붕어빵에는 고모부의 가죽 재킷 냄새가 배어 있었다. 몇 해가 지나갔는데 아직까지도 어딜 가든 무얼 하든 생각나는 사람이 있고 나는 그때마다 슬픔과 함께 지내는 법을 배운다.

바다

바다에서 들은 이름

바다에 가고 싶다. 바다에 가고 싶다는 이야기를 3년 전 여름부터 쭉 해 왔다. 그동안 겨울 바다를 보기 위해 떠난 적은 있었다. 혼자서 속초로 한 번, 윤이와 제주도로 한 번. 눈이 내리는 바다는 아름다웠지만 그렇게 멀리서 보는 바다 말고 바닷물 속으로 풍덩 빠져서 온몸이 다 젖고 자유롭게 물속을 떠다니고 싶다는 생각을 내내 해 왔다. 검은색 단벌 수영복, 물안경, 수중 핸드폰 촬영 도구, 챙이 넓은 모자, 돗자리…. 내가 지금 읊는 것은 바다를 생각하면서 구입한 것들의 목록이다. 물을 보는 것은 좋아하지만 물속으로 들어가는 것은 좋아하지 않고 수영도 할 줄 모르는 내가 물에 들어가고 싶다는 생각이 든 건 어릴 때 이후로는 오랜만이었다. 그래서 막상 바다에 들어가자니 없는 것이 많았다.

실은 3년 전부터 오래된 친구 윤이와 바다 여행 계획을 세웠다. 윤이는 그 당시만 해도 회사를 다니면서 퇴근 이후에는 이직 준비, 주말이면 전국 방방곡곡에서 열리는 기업들의 시험을 좇아다닐 때였다. 우리가 바다 여행을 계획한 일정에도 윤이의 면접 시험이 잡혔고 해마다 올해는 진짜 바다 가는 건가? 올해는 진짜 진짜 바다 가는 거야? 이렇게 진짜 진짜를 외치다가 수영복에 팔도 집어넣어 보지 못한 채 3년이 흘렀다.

o

그사이에 같은 동네에 사는 연수가 면허를 따고 차를 샀다. 자차가 생긴 연수는 자주 훌쩍 떠나곤 했다. 한동안 운전 연습 중인 연수에게 전화를 걸어서 '어디야?' 하고 물으면 '어, 나 여기 땅끝 마을. 왜?' 하고 대답하는 식이었다. 연수는 차를 끌고 자신이 키우는 강아지와 이곳저곳을 다니면서 새로운 동네를 발견하면 영상으로 담아 보내주었다. 영상 속 장소는 대부분 한적한 동네 골목 사이로 바다가 보이거나 숲이 보이고 구름의 모양이 아름다운 곳이었다.

연수는 차를 사고 난 이후로 캠핑을 자주 다녔다. '비 오는데 캠핑하다가 장비들이랑 같이 날아갈 뻔했어. 그래도 재밌었다.', '지난 주말에는 친구랑 같이 캠핑했어. 너도 캠핑하러 가자.' 캠핑에 관심이 없었던 나는 그 말을 한 귀로 듣고 흘렸다. 그런데 관심이 없었던 말도 여러 번 듣다 보니까 이 정도면 캠핑이 나를 부르는 것 같은 기분도 들고…. 불현듯 바다 캠핑을 떠올렸다. 밤마다 침대에 누워서 '바다에서 캠핑할 수 있는 곳.', '서울에서 가까운 바다.'와 같은 검색어를 입력하고 여행 후기나 장소 추천을 해 주는 사람들의 글을 보다가 잠들었다. 그러던 어느 날 인천에 있는 조용한 섬 하나를 찾았다. 이름도 생소한 그 섬은 유명한 섬도 아니며 관광지도 아니었다. 하지만 해변 도로가 이어져 있어서 도로를 타고 섬을 드나들 수 있었다. 캠핑과 취사가 자유롭고 무엇보다 바다가 있었다. 연수와 나는 망설임 없이 짐을 싸서 계획에도 없던 캠핑을 떠나게 되었다. 9월이 시작되고 있을 무렵이었다.

며칠 뒤 차를 끌고 나온 연수와 집 앞에서 만났다. 연수의 강아지가 타고 있는 뒷좌석 빈 공간에 배낭을 밀어 넣고 조수석에 탔다. 이른 새벽인데도 떠다니는 뭉게구름을 보면서 아직 여름을 벗어나지는 못했다고 생각했다. 서울에서 점점 멀어지면서 창밖으로 산과 들판이 보였다. 고속도로를 빠르게 가로지를수록 날쌔고 시원한 바람이 불어왔다. 머리카락이 힘차게 날렸다. 시원하다. 살아 있으니까 이런 것도 느낄 수 있는 거겠지. 시원한 거. 더운 거. 즐거운 거. 슬픈 거. 아픈 거. 건강한 거. 살면서 겪는 모든 것을 그대로 느낄 수 있다면, 내게 그런 용기가 있다면 좋겠다. 나의 엄마도 그랬을까?

요즘엔 질문을 많이 한다. 슬픈 일은 하루라도 빨리 잊어야 하는 건가. 마음이 아픈 일을 두고 이겨 내라고 한다. 세상에 이겨 내야 할 일이 얼마나 많은데 내 마음과도 싸워서 이겨야 하는 건가. 슬프고 아픈 일들을 다 잊고 이겨 내고 난 후의 삶은 그렇다면 즐거운 일만 남아 있을까? 나는 그런 것을 궁금해했다. 엄마가 떠난 지 3개월이 지났다. 엄마의 장례식장도 연수의 차를 타고 새벽 일찍이 떠났었다. 바다를 향해 달리는 차 안에서 그 생각을 하지 않을 수 없었다. 연수와 나의 복장만 바뀌었을 뿐이지 3개월 전과 별반 다를 게 없는 것 같다. 슬픈 일을 떠올리면 여전히 슬프고, 그리운 사람의 사진을 보면 여전히 그리웠다. 그래서 사진도 잘 꺼내 보지 않았다. 슬퍼질 게 뻔했다. 그런 마음을 검은 봉지에 담은 다음 묶어서 보이지 않는 곳에다가 휙 던져 넣고 모조리 잊고 싶었다. 이렇게 괴로워 날뛰고 뒹굴던 날도 지나고 보면 나의 일부가 될까. 나의 일부가 된다는 건 어떤 걸까. 내 눈이 기억하고 머리가 기억하고 몸과 마음이 기억하는 것일까.

°

무수히 많은 바다에 갔었지만 그중에서도 바다 하면 어린 시절 엄마, 아빠와 떠났던 주문진 해수욕장이 떠오른다. 나의 가족은 여행을 떠나기 전에 만나는 것부터 일이었다. 엄마와 아빠는 경기도 양주에서 함께 살았고 나는 고모, 고모부와 함께 서울에서 살았다. 엄마, 아빠, 나 이렇게 세 가족이 모여 바다에 가려면 양주에서부터 서울까지 나와서 나를 데리고 가야 했다. 아빠는 차가 밀리는 것을 피해서 컴컴한 새벽에 나를 데리러 왔다. 바다에 가기로 약속한 날이면 들떠서 새벽까지 그들을 기다렸다. 기다리고 기다리다가 고모 품에 안겨 잠들었다.

잠이 덜 깬 눈으로 고모의 손을 잡고 계단을 내려가면 아빠와 엄마가 집 앞에 도착해 있었다. 고모는 차 옆에서 기다리고 있던 아빠에게 가서 내 배낭 속에 무엇을 챙겼는지, 앞주머니와 뒷주머니에 어떤 소지품이 들어 있는지 알려주었다. 그리고 출발하기 직전에 내가 앉아 있던 뒷좌석으로 다가와서 손톱으로 창문을 두드리며 환하게 웃었다. 분명 입 모양은 '지혜야.' 하고 나를 부른 것 같은데 목소리가 잘 들리지 않았다. 내가 어디를 갈 때마다 고모가 항상 빼먹지 않고 했던 말이지 않았을까? 다치지 말고 잘 다녀오라는 인사였을 것이다.

o

아빠는 개인택시 기사였다. 운전하는 일을 오랫동안 해왔다. 아빠가 택시를 처음 시작했을 때가 생각난다. 그 무렵을 그려 보면 내가 다섯 살 정도 되었던 것 같고 당시에 엄마와 아빠 집에 놀러 가서 며칠을 머물렀었다. 그 집은 당고개 근처에 있었는데 아빠는 그때만 해도 차가 없었다. 내가 살고 있는 마포에서 당고개까지 아빠 손을 잡고 지하철로 이동했었다.

그 동네 버스 정류장에 많은 버스가 모여 있었던 걸 떠올려 보면 아무래도 그곳이 종점이었던 것 같다. 엄마와 버스 정류장 앞에서 아빠의 출근길을 배웅하던 모습이 어렴풋이 남아 있다. 아빠는 개인택시가 아닌 회사 택시로 일을 했다. 회사로 출근을 해서 오늘 하루 운전할 택시를 픽업한 다음, 일을 하고 약속된 시간에 맞춰서 택시를 다시 회사에 가져다 놓아야 했다. 회사 택시로 몇 년 일한 후에 아빠는 개인택시를 마련했다. 그의 차는 승용차가 아닌 개인택시. 나는 그 사실에 익숙해지는 데에도 시간이 걸렸다. 택시를 타고 놀이동산에 놀러 가고 여름휴가를 가는 것이 처음부터 익숙한 일은 아니었다.

지금처럼 내비도 없고 도로도 제대로 갖춰지지 않았던 시절에 아빠는 전국 지도가 그려진 두꺼운 책을 옆 좌석에 펼쳐 두었다. 그는 도로 옆에 차를 세워 두고 노란빛이 들어오는 보조 등을 켰다. 제대로 가고 있는 건지 지도가 그려진 책을 손가락으로 짚어 가며 유심히 들여다봤다. 주변은 암흑이었다. 굽이굽이 도는 산길을 따라 몸이 쏠렸다. 산을 넘다가 들르는 휴게소에서 아빠의 택시는 승용차들과 관광버스 사이에서 유난히 잘 보였다. 그러면서 어디를 가든지 아빠의 택시를 찾는 일도, 아빠의 택시에 타는 일도 점차 익숙해져 갔다.

휴게소에서 나오면 다시 산길을 탔다. 화물차 몇 대가 옆 차선으로 큰 소리를 내면서 우리를 추월해 가는 것도 무서웠지만 우리 세 가족밖에 없는 캄캄한 길을 지나가는 것도 무서운 일이었다. 내가 무섭다고 하면 아빠는 더 무서운 이야기를 시작했다. '긴 머리를 한 여자가 늦은 밤에 아빠 택시에 탔는데 공동묘지로 가자고 하는 거지….' 이야기는 대부분 택시 손님과의 해프닝으로 시작했다. 이어지는 이야기를 분명 들은 것 같지만 기억이 잘 나지 않는다. 무서운 것을 싫어하는 내가 결코 기억하고 싶지 않아서 날려 버렸는지도 모른다. 아빠와 나는 그런 식으로 서로 놀리기를 좋아했다. 놀리고 놀림당하는 게 싫지 않았다. 서로 복수의 칼날을 갈았다가 통쾌한 복수를 주고받았다. 그러다가도 아빠가 충분히 이길 수 있는데도 내게 일부러 져 준다는 생각이 들 때가 있었다. 사랑하는 마음 앞에 서면 사람은 약해진다. 봐주기 싫어도 한 번 더 봐주게 되고 이기고 지는 게 중요한 일이 아니게 된다. 아빠도 작고 어린 나를 내려다보면서 그런 생각을 했나. 그 순간에는 몰랐지만 이제 와서 생각해 보니 아빠의 표현들이 이해가 될 때가 있다. 그럴 때면 그제야 '사랑받았던 기억'이라는 이름표를 붙여서 내 마음 어딘가에 다시 넣어 둔다.

나는 도착하기 전까지 뒷좌석에서 엄마 무릎을 베개 삼아 누워 잠이 들었다가 깼다가를 반복했다. 잠시 눈을 떠 보면 지도에 의지해 운전하는 아빠의 뒷모습이 보였다. 서울에서부터 얼마나 떠나왔는지 해가 다 밝고 나서 주문진에 도착했고 근처 숙소를 잡아 짐을 풀었다. 다양한 곳에서 묵었던 기억이 있지만 가장 기억에 남는 건 한 민박집이었다. 오래된 한옥 또는 가정집 그 중간의 단층짜리 건물이었다. 노란 장판이 깔린 큰 방이 두 개가 있었고 방 입구를 나오면 연결되는 대청마루가 넓은 곳이었다. 마루의 모서리마다 돼지 꼬리 모양의 초록색 모기향이 피워져 있었다. 묵고 있던 손님들이 다 빠져나간 것인지 우리 가족뿐이었다. 긴 운전에 지친 아빠와 엄마는 장판 위에 이불을 깔고 누워 잠들었다. 나는 밖으로 나와 커다란 마루에 혼자 누웠다. 차가운 마룻바닥에 등을 바짝 붙여 몸을 식혔다. 오래된 선풍기가 탈탈탈 돌아가는 소리를 들으면서 잠들었다가도 잠에서 깬 아빠가 내 이름을 부르는 목소리에 나도 금세 잠에서 깼다.

아빠는 주문진 해수욕장이 조개가 많고 모래가 곱다고 했다. 어디까지나 아빠의 생각이지만 그래서 우리 가족은 어느 바다를 갈지 고민할 것도 없이 해마다 주문진 해수욕장에서 물놀이를 했었다. 거기서 아빠는 내게 스노클링 도구를 사용해서 잠수하는 방법을 알려주었다. 지금은 시간이 많이 지나 아빠에게 바다에서 배운 것들을 대부분 까먹었지만 스노클링을 배우다가 짠물을 배불리 마셨던 기억만은 생생하다. 잠수는 조개잡이를 위한 것이었다. 아빠는 내게 조개를 잡는 법도 알려주었다. 발가락으로 모래 속을 헤집어 보면 조개가 걸려든다고 했다. 신기하게도 정말 그랬다. 발가락을 사용하거나 스노클링으로 잠수를 해서 짧은 팔을 있는 힘껏 뻗어 살아 있는 조개를 주웠다. 손과 발끝에서 까끌까끌하고 단단한 조개의 질감이 느껴졌다. 수심에 비해 키가 작았던 나는 높은 파도가 한 번 넘실거리면 머리끝까지 물속으로 잠겼다. 온몸이 물속으로 잠기는 기분이 좋았다. 아주 잠깐이지만 물속에 잠겨 있으면 아무 소리도 들리지 않아서 다른 세상에 들어갔다 나온 듯한 그 기분이 좋았다. 한참 동안 발아래에 있는 조개를 주웠다. 어느 정도 조개가 모이면 물속에서 나와 생수를 채운 냄비에다가 조개를 넣어 두고 휴식 시간을 가졌다. 아빠가 모래 위에서 쉬고 있으면 나는 그의 몸 위에다가 흙을 쌓았다. 그 주변을 돌면서 모래 속에 잠겨 아무것도 하지 못하는 아빠를 놀렸다. 아빠는 따뜻하게 데워지는 모래에 뒤덮여 얼굴만 간신히 내놓은 채로 낮잠을 잤다. 엄마는 조개를 줍고 흙장난을 하는 아빠와 나를 구경하면서 웃거나 저 멀리서 '지혜야.' 하고 내 이름을 불렀다. 나는 그 해수욕장의 장면들을 가끔씩 떠올린다.

시간이 지나면 조개가 뱉어 낸 모래들이 물 아래에 가라앉아 있었다. 나는 그 옆에 쪼그려 앉아 모래를 내뿜는 조개들을 동그란 눈으로 바라봤다. 아빠는 모래가 가라앉은 물을 버리고 깨끗한 생수로 냄비를 채운 다음 미리 가지고 나온 버너 위에 올렸다. 물이 끓으면 우리가 잡은 조개와 라면, 스프를 순서대로 풀어 넣고 끓였다. 냄비 뚜껑과 라면 봉지를 잘 접어서 앞접시로 사용했다. 조개가 제대로 해감되지 않아서 간혹 모래가 씹혀도 면발을 호호 불어가며 맛있게 나누어 먹었다. 그 짭조름한 맛을 생각하면 지금도 입맛을 다시게 된다. 밥을 나누어 먹으면 모두 식구가 될 수 있을까? 식구란 한 집에서 함께 살면서 끼니를 같이 하는 사람들이라고 하는데 우리는 끼니를 같이 하지만 한 집에 함께 살지는 않았다. 모래가 살짝 씹히는 그 라면을 생각하면 왠지 모르게 서글퍼지는 이유다.

o

연수와 고속도로를 얼마나 달렸는지 모르겠다. 어느 순간 우측 창문으로 바다가 보여서 우리는 '우와, 저기 봐.' 하고 바다를 처음 보는 어린아이들처럼 엉덩이를 들썩였다. 바다 부근까지 차를 끌고 들어가서 텐트 칠 곳을 찾았다. 바다가 잘 보이면서도 평평한 자리. 새벽같이 일찍 출발했는데도 알음알음 알고 온 사람들이 이미 텐트를 치고 잠을 자고 있거나 아침밥을 짓고 있었다. 아침의 하늘과 바다는 맑고 투명했다. 그게 너무 투명한 나머지 하늘과 바다의 경계가 잘 보이지 않아 하나로 연결된 것 같았다. 연수가 바다가 잘 보이는 자리를 찾아서 텐트를 치는 동안 나는 바닷가 근처로 더 가까이 내려갔다. 파도가 발아래로 낮게 밀려왔다. 바다의 물결은 모든 일이 지나간 후 마침내 찾아온 시간처럼 잔잔하게 흘렀다.

텐트를 치고 간이 가방 속에 책과 핸드폰, 2인용 돗자리를 챙겨서 모래사장을 따라 뛰어 내려갔다. 얼마나 껑충 뛰었는지 다 놀고 돌아가는 길에 우리가 뛰어갔던 자리마다 모래가 움푹하게 파여 있는 걸 보았다. 연수와 간단히 체조를 하고 바다로 들어갔다. 9월 아침 바다에 들어가기 위해 수영복을 입은 사람도 체조를 하는 사람도 우리 둘밖에 없었다.

연수와 사는 이야기를 나누고는 했다. 사는 이야기 중에서도 제일 괴롭고 고통스러운 거. 그런 걸 어떻게 받아들이고 있고 또는 지나왔는지에 대해 나누는 편이다. 우리는 서로 그런 이야기를 나누면서 자주 웃었다. 이야기를 하다 보면 지금 고통스러운 일은 내가 생각했던 것만큼 고통스럽거나 무서운 일이 아니라는 걸 알게 되고, 이미 지나온 일에 대해서는 왜 그렇게 사시나무 떨듯 무서워하고 힘들어 울었는지 바보 같다는 생각이 들었다. 바보 같아도 어떻게 해. 그것이 그 당시 최선이었을 우리의 모습 때문에 또다시 웃는다. 결국 우리는 고통스러운 이야기를 하면서 동시에 웃었다. 그렇게 되기까지 오랜 시간이 걸렸다. 몇 년 전만 해도 연수와 나는 자주 심각했었다. 그래서 연수의 핸드폰에는 아직도 내가 '화재 진압 요원'으로 등록되어 있다. 그녀는 내가 급한 불을 꺼 주는 친구라고 했다. 나도 그녀를 그렇게 생각했다. 서로가 마음에 천불이 날 때마다 허물없이 그런 역할을 해 주었다. 지금도 마음에 천불이 나지 않는 것은 아니지만 예전만큼은 아니다. 연수와 나는 무엇이 되었든 간에 예전보다는 나은 삶을 살고 있다고 믿고 있다.

재작년 여름이었나. 연수와 카페에 앉아서 '나를 믿는 마음'에 대한 이야기를 한 적이 있었다. 나를 믿어 준다는 게 뭔지 아직도 알아가는 중이지만 어쨌든 우리가 그때 내린 결론은 내가 나를 믿어 주는 건 꼭 필요한 일이라는 것이었다. 그때 우리는 바다를 예로 들었다.

"지금 내 삶은 망망대해 같은 바다 위에 판자 하나를 간신히 건져서 표류하고 있는 듯한 느낌이야."

이 말을 가만히 듣고 있던 연수는 이렇게 대답했다.

"사람의 폐에는 기본적으로 공기가 차 있어서 물 위에 가만히 있으면 홀로 뜰 수 있게 된다. 그걸 믿는 데까지가 오래 걸리는 거야."

누구는 사람에게 기대고 술에 기대고 운에 기대고….
사람마다 기대는 무언가가 있다. 기대야지만 넘어가게 되는 고비들이 있는 것이다. 연수와 내가 서로에게 기대는 것처럼 우리는 이미 무언가에 기대면서 살아가지만 실은 모두 홀로 뜰 수 있는 사람들이다. 판자 없이도 붙잡거나 기댈 만한 것이 없이도 할 수 있다. 그러나 그것을 자주 잊는다.

다시 바다로 돌아와서 함께 떠나온 그날 그녀와 나는

수영을 한다기보다 바다 위를 떠다녔다. 물 위에 힘을 빼고 드러누우면 몸이 자동으로 두둥실 떠올랐다. 팔에 힘이 들어가서 주변을 휘젓거나 발버둥치기 시작하면 몸은 다시 가라앉았다. 그렇게 몇 번을 반복하다가 제대로 뜰 수 있는 감각을 찾아갔다. '내가 망망대해에 있다는 것보다도 혼자서 뜰 수 있다는 사실을 믿자.' 물에 떠 있는 동안 스스로에게 그렇게 말해 주었다. 몸에 모든 힘을 빼고 물속에 누워 있으면 그것 말고는 다른 생각이 잘 들지 않았다.

o

바다에서 나와 몸을 말리고 모래를 털었다. 책을 읽다가 나는 텐트 의자에서, 연수는 간이침대에서 잠이 들었다. 긴 낮잠을 자고 일어나니 아무도 없었던 바다에 사람들이 헤엄을 치고 어린아이들이 옆구리에 튜브를 끼고 파도를 타면서 놀고 있었다. 하늘이 주홍빛으로 물들기 시작했다. 연수는 저녁거리로 손질해 온 재료들을 하나둘 꺼냈다. 조개와 마늘, 파스타 면, 도마와 칼이 테이블 위에 놓였다. 물이 끓는 동안 나는 핸드폰을 들고 노을이 지고 있는 바다 앞으로 향했다. 바다 앞에서 놀고 있는 아이들과 헤엄치는 사람들을 사진으로 남겼다. 붉게 물들고 있는 하늘도 남겼다. 파도에 발을 담그면서 앞으로 걸어나가 보니 저 멀리 바다와 더 가까이 텐트를 치고 노는 가족들도 보였다. 내가 어디선가 보았던 풍경 같았다. 그때였다. 뒤에서 아주 큰 소리로 '지혜야!' 하고 나의 이름을 부르는 소리가 들렸다.

나의 이름은 지혜. 그 많은 이름 중에서 가장 흔한 이름을 가졌다. 지혜롭게 살라고 붙여 준 이 이름으로 나는 이때까지 얼마만큼이나 지혜롭게 살아왔는지는 알 수 없다. 나는 내 이름이 싫어서 아주 어릴 때부터 이다음에 크면 이름을 뭘로 바꿀까? 구체적으로 바꾸고 싶은 이름을 생각해 보면서 개명할 날을 꿈꿨다. 어떤 날은 김여름처럼 계절을 이름으로 삼아 살고 싶다가, 어떤 날은 김별처럼 외자 이름으로 살아 보고 싶었다. 나의 이름이 김지혜라는 사실에 익숙해져 지내다가도 어느 날엔가 불쑥 엄마와 아빠가 내 이름을 짓는 게 귀찮았나. 내게 아이가 있었다면 지혜라는 이름만큼은 피했을 거라면서 분노하던 시기도 있었다. 그런데 이름도 부르면 부를수록 그 사람에게 가서 붙는다는 말처럼 30여 년간 지혜로 불리다 보니 정이 붙었다. 그렇게 이름을 바꾸는 일이 망설여지게 되면서부터 나는 계속해서 지혜로 살고 있다.

평소에도 불쑥 누군가 '지혜야!' 하고 부르면 나를 부르는 소리가 아닌데도 나도 모르게 뒤를 돌아본다. 다른 사람이 다른 지혜를 부르고 있었다는 걸 확인하고 내 갈 길을 간다. 흔한 이름을 가진 사람이라면 한 번쯤 겪어 보았을 일이다. 그런데 그 바다에서는 뭔가가 달랐다. 뒤를 돌아봤을 때 노을이 지는 하늘과 물놀이를 하고 있는 사람들이 보였다. 당연히 그 속에서 누가 내 이름을 불렀는지 알 수 없었지만 다른 지혜가 아니라 정확히 나를 부른 것만 같았다. 여기에는 내가 아는 사람도 없고 아무도 나를 부를 사람이 없는데도 그랬다. 묘한 기분에 휩싸여서 뒤를 돌아본 채로 같은 자리에 오래 서 있었다. 그건 마치 10년 전, 20년 전 바다에서 나를 부르는 엄마와 아빠의 목소리. 등 뒤에서 내 이름을 부르던 고모와 고모부의 목소리처럼 들려왔다. 몇 안 되는 행복한 기억 속에서 그들은 '지혜야.' 하고 내 이름을 불렀다.

°

바다를 뒤로하고 텐트로 다시 돌아왔을 때 먹음직스러운 파스타가 일회용 접시 위에 놓여 있었다. 조개가 들어간 오일 파스타였다. 후루룩 소리를 내면서 파스타를 먹어 치우고 난 뒤 연수는 텐트 옆에다가 불을 지피기 시작했다. 돌을 주워 와서 모래 위를 빙 두르고 그 안에 장작을 쌓았다. 여러 번의 시도 끝에 불이 붙고 나서 뜨끈한 열기가 얼굴까지 올라왔다. 우리는 그 앞에 앉아서 해가 완전히 저무는 모습을 바라봤다. 하늘은 빠른 속도로 어둡게 변했다.

막차 시간을 확인해야 했다. 연수는 바다 앞에 펼쳐 둔 텐트 안에서 강아지와 잠을 자기로 했고, 나는 섬에서 빠져나가 근처에 미리 잡아 둔 숙소에서 자기로 했기 때문이다. 그녀는 텐트 안에 짐과 강아지가 있어 배웅해 주지 못하는 상황을 미안해했지만 괜찮았다. 시간을 한 번 더 확인하고 배낭을 둘러멨다.

그녀와 짧게 인사를 나눈 뒤 도로변으로 나왔다. 딱히 사람이 걸을 수 있는 보도가 보이지 않아서 별수 없이 도로를 따라 걸었다. 밤 11시. 적막한 도로에 이따금씩 헤드라이트를 켠 자동차 몇 대가 내 옆을 지나갔다. 섬에서 빠져나가는 마을버스 정류장을 가기 위해 사람 한 명 보이지 않는 도로를 30분 가량 혼자 걸었다.

언덕길을 따라 한참을 올라가다 보니 다시 드넓은 바다가 펼쳐졌다. 그리고 머지않아 내리막길 끝에 삼거리가 나타났다. 맞은편에 정류장 하나가 가로등 불빛을 받으면서 우두커니 서 있었다. 하늘 위에 비행기가 느리게 지나가고 있었는데 버스를 기다리는 동안 비행기가 같은 방향으로 다섯 번 정도 지나간 것 같다.

버스에 올라탔을 때 좌석 곳곳에 창문이 열려 있어 고정되어 있지 않은 모든 것들이 바닷바람에 펄럭였다. 나는 휘날리는 머리카락을 한 손으로 움켜쥐고 한 손은 버스 손잡이를 잡아 몸을 지탱했다. 자리에 앉아 있는 사람들이 창밖으로 깔린 어둠을 바라보고 있었다. 지금 보고 있는 것이 바다가 맞을까? 나와 같은 의문을 품은 듯 사람들은 저마다 창가 쪽으로 고개를 돌려 검은 풍경을 뚫어지게 바라보고 있었다. 바람이 계속 불어와 조금 추웠다.

버스가 내려 준 곳은 아무도 없는 길가 한가운데였다. 숙소를 찾아서 걸어가는 길에 두 손으로 셀 수 있을 정도의 아주 적은 사람들과 자동차를 만났다. 나는 체크인 후 곧장 엘리베이터를 타고 16층에서 내렸다. 숙소의 문을 열고 들어가 '도착했다.' 하고 혼잣말을 했다. 짠 기가 느껴지는 몸을 씻고 편안한 옷으로 갈아 입은 뒤에 침대에 앉았더니 그제야 숙소의 모습이 눈에 들어왔다. 침대 옆에 잠들기 직전까지 쓸 수 있는 작은 조명이 있고 그 옆에 펜과 수첩을 놓을 수 있는 정도의 조그마한 협탁이 있었다. 세로로 널따란 테이블 위에는 차를 내려 마실 수 있는 유리컵이 엎어져 있고 녹차 티백 몇 개가 보였다.

방 안의 공기가 답답하게 느껴져서 미닫이 형태의 커다란 창문을 옆으로 열었다. 거기에는 작은 베란다 하나가 딸려 있고 슬리퍼 두 짝이 놓여 있었다. 슬리퍼를 신고 베란다 난간 앞에 섰다. 16층 베란다에서 본 세상은 모든 것이 작게 보였다. 가로수도 자동차도 벤치도 작았다. 그래서 눈앞에 보이는 것들이 한 손에 잡힐 것만 같은 착각을 주었다. 나는 이 느낌을 어디선가 느꼈었다. 품은 바람대로 삶이 흘러갈 것만 같았지만 동시에 손에 잡힐 듯 잡히지 않았다.

결국에는 과거의 내가 바라던 나, 바라지 않았던 내가 전부 합해져 현재의 내가 되었고 오늘의 나는 이렇게 알 수 없이 이상하고 적막한 숙소 베란다 앞에 서 있다.

나는 거의 이 건물 꼭대기 층 방에 있었다. 맞은편에는 아파트가 가까웠으며 그 건물에 사는 사람들이 보였다. 어느 집은 불이 꺼져 있고 어느 집은 불이 환했다. 커튼 사이로 아직 잠들지 않은 사람들이 보였다. 소파에 앉아 티브이를 보고, 운동을 하고, 무언가를 먹거나 창문을 열어 담배를 태우는 모습이었다. 16층에서 바라본 시야가 낯설면서도 어딘가 모르게 익숙하다고 느낀 것은 엄마가 오래 살았던 그 집도 16층이었기 때문이다. 엄마는 아빠와 함께 양주에 있는 16층 아파트에서 살았다. 지하철 노선도에서도 왼쪽 끄트머리에 있는 그 집은 내가 사는 마포에서부터 대략 두 시간이 걸리는 먼 곳이었다. 그 집에도 베란다가 있었다. 나는 맨발로 베란다에 나가 해가 뜨고 지는 모습이나 해가 모두 저물고 난 뒤 펼쳐지는 야경을 사진으로 남겼었다. 높은 건물에서 살아 본 경험이 없어서인지 높은 층에서 내다보는 풍경은 낮은 층에서 보는 풍경보다 극적으로 아름답게 보였다. 엄마는 그 집의 베란다 앞에서 같은 풍경을 바라보며 무슨 생각을 했을까. 매일 해가 뜨고 해가 지는 풍경이 지루했을까. 밤의 불빛들이 쓸쓸했을까. 궁금하더라도 이제는 질문에 답해 줄 수 있는 엄마가 없다.

o

엄마에게는 오래된 지병이 있었다. 그 병은 엄마의 친아버지 집안의 내력이라고 고모가 말해 준 기억이 있다. 그게 누군지 자세히는 몰라도 그 집안에는 이 병 때문에 스스로 생을 끝낸 사람도 있다고 했다. 집안의 내력이라는 말은 끝없이 아래로 뻗어 내려가는 깊은 뿌리 같은 걸 연상시켰다. 엄마의 친아버지는 나의 외할아버지이기도 했다. 나는 엄마가 중학생이었을 무렵에 세상을 떠난 외할아버지를 만나 보지 못했다. 명절마다 엄마, 아빠와 찾아간 외할머니 집에서 흑백 사진 속의 외할아버지를 본 것이 전부였다. 외할머니 집에는 엄마의 사진을 비롯해서 이모들과 외삼촌, 외할머니와 외할아버지가 젊은 날 남긴 사진들이 한 상자에 모여 있었다. 윤이 나는 검은 머리카락과 토실한 볼, 주름이 없는 손등을 가진 가족들이 집이나 여행지로 보이는 장소에서 적당한 포즈를 취하고 웃고 있었다.

내가 집어 든 사진 속에서 외할아버지는 정장을 입고 반듯한 자세로 앉아 있었다. 그때 엄마는 사진을 보고 있는 내 옆으로 와서 외할아버지의 얼굴을 검지 손가락으로 어루만졌다. 그가 고등학교 선생님이었다는 말도 덧붙였다. 짙은 쌍꺼풀과 오똑 솟은 콧대를 가진 외할아버지는 또렷한 이목구비 덕분에 학생들에게 인기를 끌었다고 했다. 엄마는 그런 외할아버지의 외모를 가장 많이 닮았다. 특히 엄마의 눈이 그와 닮았고 나는 그런 엄마의 눈을 닮았다. 쌍꺼풀을 가진 동그란 눈. 한 번도 만난 적 없는 외할아버지의 모습이 일부 내게 남아 있는 건 아닐까 생각했다. 나는 나의 눈을 좋아했다. 그렇지만 거울 속 내 눈을 볼 때마다 겹쳐지는 엄마의 눈을 마주하면서 동시에 불안한 감정을 마주해야 했다. 엄마의 병까지도 내가 닮게 되는 건 아닐까. 건강하게 지내다가도 외할머니 집에서 보낸 시간이 떠오를 때면 내력이라는 단어를 다시금 상기하게 되었다.

너희 엄마는 곱고 똑똑한 사람이었다. 그렇지만 늘 그 병으로 고생했다. 고모는 병과 함께 살 수밖에 없었던 엄마를 안타까워했다. 그러나 어릴 적 내가 기억하는 엄마는 병을 앓고 있는 환자라고 생각하기에는 자신의 삶에 적극적이며 매사에 밝은 모습이었다. 일본과 한국을 오가면서 의류 사업을 하던 때도 있었다. 그녀는 일본어에 능숙했고 일본으로 나갔다가 다시 돌아올 때마다 직접 고른 연필과 필통처럼 작은 물건들을 선물 상자에 넣어 건넸다. 선물 사이에는 언제나 편지가 끼워져 있었다. 편지 안에 '엄마가 많이 사랑해.'로 끝나는 손 글씨가 적혀 있었던 게 기억난다. 선물과 편지는 엄마가 내게 사랑을 표현하는 하나의 방법이었는지도 모른다.

고모, 고모부와 계속해서 살았기 때문에 내게 엄마의 사랑이란 일상적이지 않은 것이었다. 내 삶은 매일 엄마가 해 준 밥을 먹고, 엄마가 다려 준 옷을 입고, 엄마와 손잡고 산책하는 것과는 거리가 있었다. 엄마와 아빠가 있는 집에 놀러 가서 일주일, 길면 한 달을 지내는 것에 익숙했다. 잠깐 만났다가 오래 헤어지기. 함께였다가 다시 혼자가 되기. 그런 일에 익숙했지만 사실 그건 내가 원하는 삶이 아니었다. 엄마, 아빠와 한 집에서 시간을 보내고 있으면 1년이고 2년이고 계속 이렇게 같이 살면 안 될까. 그 집 침대에 누워서 생각한 적도 있었다. 아침 인사를 하고, 맛있는 점심을 만들어 먹고, 약수터에 물을 뜨러 가고, 배드민턴 채를 들고 저녁 산책을 하고…. 헤어지지 않을 수 없을까? 그렇게 바라왔지만 정해진 결말이 있는 이야기처럼 끝이 있었다. 나는 고모와 고모부와 함께 사는 집으로 되돌아가야 했다. 집으로 돌아가는 차 안에서부터 어른이 되기까지 나는 오랜 시간을 생각해 온 게 있다. 엄마가 건강했더라면. 건강해서 우리가 함께 살았더라면. 지금과는 또 다른 삶을 살고 있지는 않았을까 하고. 아파할 일 없이, 혼자 될 일 없이, 어딘가로 돌아가야 할 일 없이 있는 그 자리에서 행복해지고 싶었다.

우리 세 가족은 틈이 날 때마다 만나서 시간을 보냈지만 모두가 바란 대로 함께 살지는 못했다. 엄마가 건강을 되찾길 바랐지만 바람과는 달리 병은 점점 더 깊어 갔다. 그러면서 우리가 계획했던 일이나 약속들은 자주 틀어졌고 나는 실망이 역력한 표정으로 전화를 끊는 횟수가 늘어났다.

아빠는 그동안 엄마의 아픔, 엄마가 가고 싶은 곳, 먹고 싶은 것, 보고 싶은 것을 들어주면서 살았다. 그러나 나의 아픔이나 내가 가고 싶은 곳, 먹고 싶은 것, 보고 싶은 것은 몰랐다. 하루는 내가 슬픈 일을 겪고 울고 있을 때 엄마와 아빠는 아무것도 모른 채 지금쯤 한 테이블에 앉아 맛있는 저녁을 먹고 웃고 있을 거라는 생각을 한 적도 있다.

나는 거기에 없었다. 내가 그 가족 구성원 안에 없었고 우리는 더 이상 함께 무언가를 하지 않았다. 그것을 가족이라고 할 수 있을까? 기쁜 일에 같이 웃고, 슬픈 일에 같이 슬퍼하는 것도 할 수 없는 엄마와 아빠가 나는 가족으로 생각되지 않았다. 그들은 내가 다니는 학교의 이름도 제대로 모르고 있거나, 내 나이를 헷갈려 하기도 했다. 나는 엄마와 아빠로부터 외면 받은 채로 나머지 시간을 보냈다.

언제부턴가 그것을 그대로 그들에게 되돌려 주고 싶었다. 그렇게 마음을 먹고 내가 그들의 전화를 받지 않기 시작했던 건 20대에 접어들면서부터였다. 그 당시에 아빠는 엄마를 돌보다가 속상해지는 일이 많았고 그럴 때마다 술을 마셨다. 아빠는 술을 마시고 내게 전화를 걸어서 자신의 인생을 한탄하기도 하고 엄마가 아픈 게 힘들고 괴롭다고 했다. 어느 날인가 나는 가만히 듣고 있다가 전화기 너머로 아빠의 삶은 아빠가 알아서 해. 그렇게 말하곤 전화를 끊었다.

네가 알아서 해야 한다. 그 말은 내가 아빠에게 어릴 적부터 들어온 말이었다. 아무리 속이 상하고 힘든 일이 닥쳐와도 그는 내게 네 삶은 네가 알아서 해야 한다고 가르쳤다. 아무도 너를 책임져 줄 수 없으니까 그렇게 해야 한다고 했다. 나는 그날 아빠가 내게 했던 말을 그대로 아빠에게 되돌려 주었다. 외면을 외면으로 되돌려 주고 싶었다. 아빠의 전화를 받고 나서도 나는 친구를 만나 웃고 떠들거나 맛있는 음식을 나눠 먹었다. 더 이상 아빠와 엄마가 슬퍼하는 걸 보더라도 슬프지 않았다. 엄마와 아빠에게서 온 전화를 보고서도 다시 전화를 걸지 않는 횟수도 갈수록 늘었다. 그들도 더 이상 내게 이전처럼 자주 전화를 걸지 않았다. 우리는 1년, 2년 전화를 하지 않아도 그런대로 괜찮았고 수년간 서로가 없이도 잘 지낼 수 있는 사람들이라는 걸 알았다.

내가 엄마를 오랜만에 다시 보게 된 것은 대학을 졸업하고 취직을 했을 무렵이었다. 아빠가 나를 데리러 고모와 고모부와 함께 사는 집 앞까지 왔고 나는 아빠의 옆 좌석에 탔다. 출발하고 얼마 지나지 않아서 창밖으로 흐린 한강이 보였다. 아빠는 앞 창문을 조금 열면서 자신은 엄마가 아픈 모습을 어린 네게 보여주고 싶지 않았고 엄마 또한 그걸 바랐다고 했다. 그러나 이제는 너도 알아야 할 것 같다고 했다. 그는 운전하는 내내 어딘가 초조해 보였다. 아빠는 사이드 미러를 보면서 서서히 차선을 바꿨다. 그리고 자신이 그간 어떻게 지내 왔는지 내게 이야기해 주었다. 엄마가 아프고 예민해서 현관문을 열어 주지 않을 때도 있다. 그러면 경찰을 불러서 집으로 들어가거나 집에 들어가지 못하고 밖에서 잠을 청하는 날도 있었다고 했다. 아빠와 내가 그 집 앞에 도착했을 때 문을 여러 번 두드려도 집 안에 있는 엄마는 현관문을 열 수 없도록 잠가 두고 열지 않았다. 아빠는 핸드폰을 들어 경찰에게 전화를 했고 몇 분 후에 경찰들이 그 집 문 앞으로 도착했다.

아빠와 경찰은 익숙한 얼굴로 인사했다. 30분 가량 실랑이 끝에 문이 열리고 엄마는 거실 소파에 앉아 있었다. 우리 왔어. 아빠가 말을 걸어도 엄마는 대답하지 않았다. 그리고 곧장 침실로 들어가 문을 잠갔다. 처음 보는 엄마의 모습이었다. 아빠는 엄마가 요즘 방으로 들어가서 나오지 않는다고 했다. 물을 가져다 두면 물은 먹지만 음식을 며칠간 먹지 않기도 하고, 약을 제대로 먹지 않는 날도 있다고 했다. 나는 그 이야기를 들으면서 방문의 손잡이를 응시했다. 손잡이를 딸깍 하면 열 수 있는 방문이 절대로 움직이지 않을 것만 같은 단단한 벽처럼 보였다.

나는 엄마가 닫아 버린 것이 문이 아닌 다른 것이라는 생각을 했다. 이를 테면 살고 싶은 마음 같은 것…. 정적 속에서 아빠와 나는 소파에 앉아 있었다. 아빠는 다시 나를 데려다 준다고 말했다. 나는 그날도 언제나 그랬던 것처럼 다시 고모와 고모부와 함께 사는 집으로 되돌아갔다.

그 이후 달라진 게 있다면 받지 않던 아빠의 전화를 받기 시작했다는 것이다. 엄마는 여전히 내게 전화를 하지 않았다. 나도 전화를 하지 않았다. 그렇게 5년이라는 시간이 지나갔다. 1년 전쯤 퇴근을 하고 피로한 몸으로 누워 있을 때 4년 만에 엄마의 전화가 왔었지만 나는 그날 그녀의 전화를 받지 않았다. 그리고 엄마를 다시 보게 된 건 엄마의 장례식장에서였다. 영정 사진 속의 엄마. 내가 눈치채지 못하는 사이 엄마를 향한 사랑과 분노와 원망과 죄책감은 긴 시간을 지나오면서 한 몸처럼 붙어 버렸다. 어느 것 하나 따로 떼어 놓을 수 없었다.

o

얼마나 오랫동안 서서 생각에 잠겨 있었던 것인지 몸이 서늘했다. 섬 바로 옆에 있는 숙소라서 그런지 베란다를 통해 들어오는 밤바람이 차가웠다. 바람결을 따라 너풀거리는 어두운 색의 커튼을 바라보면서 엄마가 내게 보여주고 싶지 않았던 모습도 한동안은 이 커튼 뒤에 가려져 있었던 게 아닐까 생각했다. 잠시 밖을 내다보기 위해 베란다 난간 아래로 고개를 떨궜을 뿐인데 바로 아래층의 베란다, 그 아래층의 베란다, 그 아래층의 베란다 난간이 가파르게 이어져 있었다. 아래로 빨려 들어가는 것 같은 기분에 정신이 어질해서 오래 볼 수 없었다. 다리에 힘이 풀린 채로 침대로 돌아와 앉아 베란다를 다시 한번 바라봤다. 엄마의 장례식을 모두 치른 이후에 잘 꾸지 않았던 꿈에 시달리고 있다. 그 꿈도 이렇게 높은 건물의 베란다 앞에서 시작했다.

베란다 앞에 한 사람의 뒷모습이 보이고 갑자기 그 사람이 난간 아래로 떨어지는 걸 보는 꿈이었다. 내가 말릴 틈도 없이 그 사람은 떨어졌고 빈 베란다만이 남았다. 장면이 바뀌면서 높은 곳에서 떨어진 사람은 순식간에 아스팔트 바닥에 굉음을 내며 부딪히고 산산조각이 났다. 그 꿈은 꼭 사방으로 피가 튀고 산산조각이 되는 것까지 목격해야지만 끝나는 꿈이라 더 끔찍했다. 나는 매일 그 꿈에서 목격자가 되었다. 잠에서 발버둥치면서 깨어나면 식은땀으로 축축해진 등이 느껴졌다. 이제 더 이상 높은 곳의 풍경을 아름답다고 말하지 못하겠다. 높은 곳에 서 있는 것이 두려운 사람이 되었기 때문이다.

o

잠들기 전에 맞춰 두었던 알람이 여러 번 울렸다. 다섯 번 정도 울리고 나서 눈을 떴다. 어제 저녁에는 이상할 정도로 어떤 꿈도 꾸지 않았다. 이상하다고 생각했지만 오랜만에 숙면을 하고 가벼워진 몸으로 일어나서 나갈 준비를 했다. 마지막으로 짐을 챙기고 있을 때 연수는 강아지를 데리고 내가 있는 숙소로 찾아왔다. 그녀는 숙소에 들어와서 베란다 쪽으로 향했다. '여기 풍경이 정말 멋지네. 넓고 좋은 숙소를 잡았구나.' 하고 말했다. 나는 고개를 돌려 베란다 쪽을 바라봤다. 어젯밤에는 미처 보지 못했던 맑은 하늘이 보였다. 연수는 베란다에서 나와 내가 서 있는 방향으로 걸어오면서 자신은 오늘 이른 아침에 일어나서 잔잔하고 투명한 바다를 보았고 바다를 떠나기 전 마지막 수영을 하고 왔다고 했다. 그녀는 주차장으로 내려가 차를 먼저 빼고 있겠다는 말을 남기고 강아지와 함께 밖으로 나갔다. 그녀가 나간 뒤에 나도 짐을 모두 넣은 배낭을 한쪽 어깨에 걸치고 신발을 신었다. 그리고 잊은 것이 없는지 눈으로 방 안을 살폈다. 어젯밤 늦게 도착했으니 제대로 보는 숙소는 처음이었다. 밤에는 알지 못했지만 낮에 채광이 좋은 곳이었다. 방 안에 은은한 햇살이 맴돌았다. 침대 위 이불을 원래대로 잘 펼쳐 두었는데 그 위로 조각 빛 하나가 드리워져 있었다.

나는 빛을 보면 상상을 하게 된다. 대체로 내 주변에서 반짝이는 빛을 만날 때 그런 상상을 해 왔다. 빠르거나 느리게 움직이는 빛, 깜빡이는 빛, 멈춰 있는 빛…. 그 빛을 가만히 바라보고 있으면 왠지 내게 말을 걸어오는 것만 같았다. 어떤 빛은 수다스럽고, 어떤 빛은 가까이에서 속삭이는 것 같고, 어떤 빛은 먼 곳에서 반짝이면서 내가 알아들을 수 없는 언어로 메시지를 보내고 있는 것 같았다. 빛이 내게 메시지를 전하고 있다는 믿음은 내 곁을 떠난 이들 없이 세상을 살아가기 위해 내가 만든 일종의 습관이거나 미신 같은 것인지도 모른다. 어디에나 존재하는 빛이 이제는 볼 수도 만질 수도 없는 고모부와 할머니, 엄마가 보내오는 메시지라고 생각하면 그들이 어디든지 존재하는 것만 같아 힘들지 않았다. 힘들더라도 덜 힘들 수 있었다.

숙소를 나와 엘리베이터를 타면서부터 서울로 돌아가는 차 안에서까지 호텔 침대 위를 비추던 빛을 떠올렸다. 가만히 내 이름을 부르는 듯한 그 빛을.

알 수 없는 곳에서

살아가면서 삶에 대한 많은 질문을 품는데
그 질문에 대한 대답을 생각하지도 못한 장소와 사람에게서
우연히 듣게 될 때가 있었다.

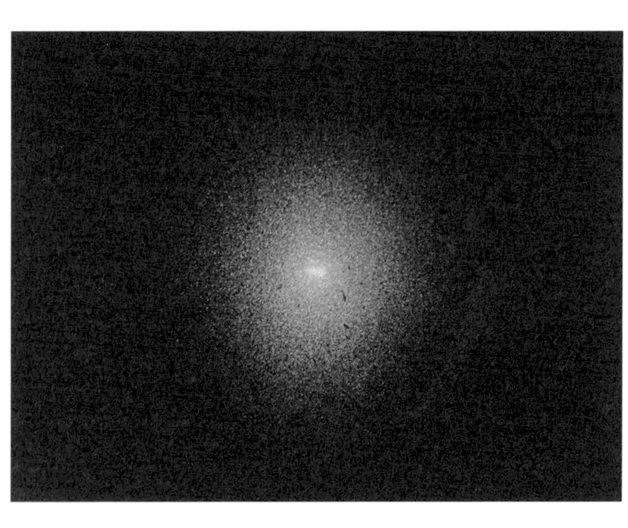

습관

어디론가 떠나고 싶었고, 그만큼 머물고 싶었고, 버리고 돌아오고 싶었고, 다시 쌓아 올리고 싶었다. 마음대로 되지 않는 몸과 마음을 느낄 때면 오늘처럼 책을 읽었고 노래를 들었고 졸았고 눈을 뜨면 그대로 아침이었다. 새벽에 미처 끄지 못한 조명이 켜져 있고 읽던 책은 옆으로 굴러떨어져 있었다. 이렇게 눈 한 번 꿈벅하면 지나가 버리는 것이 하루였다.

끼니

붉게 볶아진 김치볶음밥을 보면서, 두 알의 비타민을 손바닥에 올려 두고서.

사람답게 살기 위해서는 얼마나 많은 것들을 내 안으로 삼켜 넣어야 했는지를 생각했습니다.

강

자정이 넘어서 다시 침대에 누울 수 있었다. 어둠 속에서 선풍기가 돌아가는 가운데 '그때….' 하고 운을 떼 봤다. '그때' 하고 운을 떼는 순간 나는 어디로든지 떠날 수 있는 상태가 되었다. 여기서 벗어날 수 있는 만큼 벗어나 보면 어떨까. 바람이 느껴졌다. 검은 터널을 달려서 도착한 곳은 인적이 드문 강가 앞이었다. 평평한 바위에 자리를 잡고 앉아서 몸으로 불어오는 바람을 맞고 있었는데 마음의 깊은 곳까지 바람이 통하는 것만 같았다. 발아래 물이 밀려와서 땅에 닿고 맑은 물결이 위아래로 미끄러져 내렸다. 그 언저리에 잠긴 수초들이 물결에 올라탔다.

강물을 바라보고 있으면 모든 것이 한 방향으로 흘러서 지나가 줄 것만 같았다. 그래서 자꾸만 물살에 손가락을 넣어 보고 발을 담그고 강가 언저리를 맴도는 것인지도 모르겠다. 다만 핸드폰 카메라 플래시가 잘못 터지면서 그 짧은 틈에 벌레들이 빛 속으로 달려드는 모습을 보곤 모든 생물들이 꿈틀거리는 여름인 것은 틀림이 없다고 생각했다.

누군가가 먼저 남겨 놓은 발자국 위에 두 발을 포개면서 앞으로 걸었다. 닿지 못할 곳을 보면서 내가 바라는 삶에 얼마나 가까워질 수 있는지 떠올려 봤다. 왜 사람은 지금이 순간에도 알 수 없는 미래를 그리거나 과거로 역행하면서 기쁘다, 슬프다 하게 되는 것인지 궁금해졌다. 실은 그게 삶이라는 걸 모르지 않았다.

어둠이 강가 주변을 둘러싸려는 무렵에 손바닥을 털면서 일어났다. 돌아가기 위해 깊은 터널을 빠져나왔을 때 높은 아파트들이 번쩍였고, 늦은 시간에도 촘촘히 켜진 불빛이 당장이라도 우리 앞으로 쏟아질 듯 밝았다. 그렇게 뒷자리에서 잠이 들었나? 도시와 가까워지면서 동시에 무언가와 점점 멀어졌던 것 같은데. 눈을 떠 보면 다시 어두운 방이었다.

꿈

어떤 날은 바라는 삶에 성큼 다가갔다는 생각이 들다가도 어떤 날은 먼 섬을 바라보고 있는 것 같아.

그동안 많은 시간들이 내 안에 축적되었고 맨 아래에는 어떤 시간들이 있었는지 기억이 흐리다.

창밖에 비친 표정

그대로 여기 머물고 싶다.
앞으로 나아가고 싶다.
두 마음이 교차했다.

우산을 접으며

한여름에는 모든 것들이 뜨겁고 끈적해서 나는 필사적으로 그늘만을 찾아다녔다. 길을 걷다 보면 늘 고여 있는 자리에만 빗물이 고여 있었다. 늘 고여 있는 자리에만 고여 있는 앙금들. 웅덩이들을 슬슬 피해 걸으면서 그런 걸 떠올렸다. 바닥에서 눈을 떼고 하늘을 올려다볼 때면 높고 낮은 빌딩 뒤로 해가 저물어 가고 있는 게 보였다. 이 끔찍한 계절을 어떻게 보내 줄 수 있을까 참 많이도 생각을 했지만 계절이라는 것은 내가 보내 줄 수 있는 게 아니라 그저 지나가는 것이다.

불빛들

꿈속에서 만나자.
그곳에서 만나면 우리 어릴 적 이야기를 하자.
못다 한 말을 나누고 제일 밝게 웃어 주자.
불을 붙이고 네가 좋아하는 노래를 부르자.
잠깐 동안 빛나다가 사라지는 일이 된다고 해도.

물잔

짧은 단어 하나가 많은 불행을 상기시킬 때가 있잖아.
그럴 때는 그냥 바라보는 거야.
물속을 동동 떠다니는 기포들을 보듯이.
어떠한 목적도 무게도 없이.
한 번 바라보고, 지나가는 거야.

배회

의미 없는 시도는 없었다.
의미가 희미해지는 일이 있을 뿐이지.
어느 순간 그걸 알게 되는 내가 있을 뿐이지.

땡볕

아침에는 기운을 냈다가 저녁이 되면 지쳤다. 사람은 살기 위해 계속해서 같은 패턴을 만들어 냈다. 등 뒤로 따뜻한 햇살을 받고 서 있다 보면 내 앞으로 분명한 그림자가 드리웠다. 불행이 두 발 아래 막 당도한 것 같이 짙고 어두운 그림자였다. 강한 햇살에 주변이 환했고 그림자는 검은색에 가까웠다. 나는 더 이상 어두워질 수 없을 만큼 짙어지는 그림자를 지켜보았다. 얼마나 오래 그걸 바라보고 서 있었는지, 버스는 얼마만큼 더 기다려야 오는 것인지 문득 깨닫게 되었을 때 나를 가로질러 가는 사람들이 하나둘 보이기 시작했다. 주변을 둘러보니 모두가 바닥을 타고 따라오는 자신의 그림자와 함께였다.

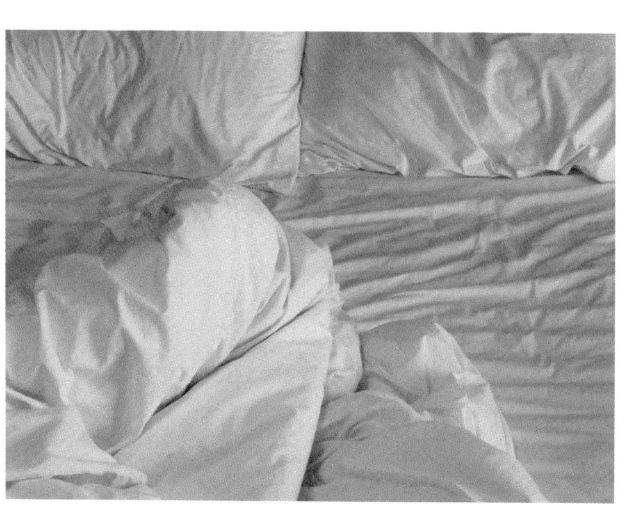

캔커피

더워지고 더워질수록
바람 부는 방향을 따라 날리던 머리카락과
차가운 아침의 공기와 움츠리고 걷던 몸과
따뜻하게 데워진 코트의
안쪽 주머니가 있었다는 걸 기억해 주길.

질문

왜 그런 일이 생기게 되는 걸까.
왜 자꾸만.
'왜'라는 토를 달면 달수록 삶은
더 깊숙한 곳으로 기어들어 가 답이 없었다.

일과

지난밤 아무렇게나 신발 두 짝을 벗어 던지고, 외투도 건성으로 걸었다. 어떻게 잠이 든지도 모르고 다음 날 아침을 맞이했더니 외투는 바닥에, 신발은 현관에 그대로 널브러져 있었다. 사람의 마음이 언제나 깔끔하기만 할 수 없다는 걸 자주 생각하는 요즘에는 그저 떨어진 외투를 다시 제대로 걸고 신발을 주워 신발장 안으로 올려 두는 것이 내가 할 수 있는 전부다.

실바람

시간은 이렇게 이어지는 거겠지. 길고 가늘게.
두절된 것만 같아 보여도 내밀하게 연결되어 있는 어떤 것.
그게 참 괴로운 일 같다가도 이상하게 좋을 때도 있었다.

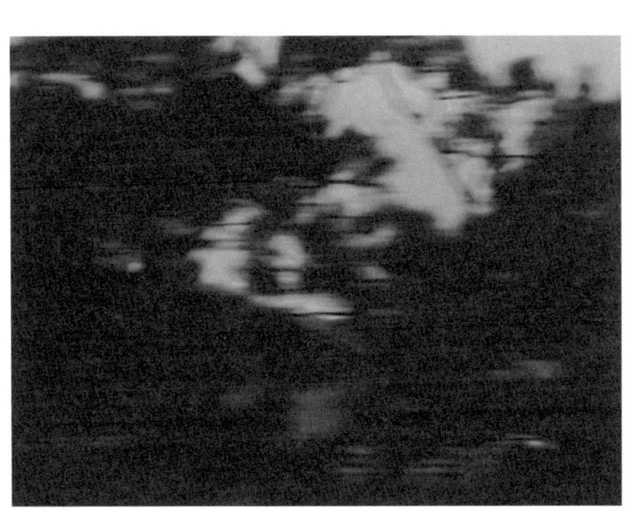

나무 아래에서

사진 속 사람들

앞으로 그곳에 갈 일이 없겠다. 왜냐하면 더 이상 그곳에 아무도 없기 때문이다. 나도 없고 아빠도 엄마도 더 이상은 그곳에 살지 않는다. 서류 뭉치를 챙겨 고모와 내가 밖으로 나왔을 때 집 앞에 아빠가 차 시동을 걸어 두고 기다리고 있었다. 집을 떠난 지 얼마 지나지 않아 넓게 트인 한강이 눈에 들어왔다. 어제와는 달리 화창한 하늘과 강물이 한 방향으로 느리게 흐르고 있는 것이 보였다. 고모와 아빠는 차 안에서 지난 며칠간 있었던 일에 대해서, 아빠가 앞으로 살아야 할 집을 구하는 일에 대해서, 잠시 후에 먹을 점심에 대해서 이야기했다. 그리고 하나의 이야기가 끝나면 곧 침묵이 찾아왔다. 뒷좌석에 고모와 타고 있던 나는 창문을 조그맣게 열어 두고 바람을 쐬었다. 앞머리와 셔츠 깃이 펄럭이는 게 느껴졌다. 숨을 크게 들이쉬고 나서 내가 할 수 있는 한 가장 길게 내뱉어 보았다. 그렇게 하고 나면 지금 내 안에서 부대끼는 것들이 숨을 내뱉는 시간 동안 빠져나가는 기분이 들었다.

두 시간을 달려서 도착한 곳은 엄마와 아빠가 함께 살았던 집이었다. 아빠는 방학마다 양주에 있는 그 집에서부터 차를 몰고 서울에 사는 나를 데리러 왔었다. 그때마다 일주일에서 길면 3주 정도 함께 시간을 보냈다. 그 집 침대에서 잠을 자고 영화를 보고 거실 소파에 둘러앉아서 고기를 굽고 상추쌈을 해 먹었다. 그리고 집 주변을 빙글 돌면서 자전거를 타거나 배드민턴을 쳤다. 생각에 빠져 있다가 문득 창밖을 다시 내다봤을 때 우리가 예전에 자전거로 다녔던 그 길을 지나쳐 가고 있었다. 아빠는 익숙한 몸짓으로 핸들을 돌려 지상 주차장에 차를 세웠다. 아파트 정문 입구로 들어가서 엘리베이터를 타고 16층을 눌렀다. 몇 년 전만 해도 며칠간 묵을 짐을 들고 탔던 엘리베이터인데 오늘의 나에게는 그런 짐이 없었다. 문을 열고 들어갔을 때 집은 비어 있었다. 거실에 서 있다가 이 방 저 방을 돌아보았다. 가구가 놓여 있던 자리마다 방바닥에 누런 흔적만이 남았다. 그 흔적 때문에 소파, 침대, 옷이 걸려 있던 행거들이 아직 그 자리에 그대로 놓여 있는 것만 같았다.

아파트 사무실에서 나온 관계자들이 목장갑을 한 짝씩 끼면서 집으로 들어왔다. 집을 돌아다니며 다음 세입자를 위해 고쳐야 할 부분들을 체크하고 아빠에게 수리 부담 비용에 대해 설명했다. 나와 고모는 뒤에서 이야기가 끝나기를 기다리고 있었다. 불이 들어오지 않는 집 안에는 베란다에서 들어오는 햇빛이 전부였다. 햇빛을 등지고 서 있는 아빠의 모습이 어스름하게 보였다. 아빠의 모습 뒤로 베란다와 훤한 하늘이 겹쳐 보였다. 나는 허기진 배에서 울리는 소리를 두 손으로 누르며 아파트 16층에서는 땅보다 하늘이 가까워 보인다고 생각했다. 점심 시간이 다가오고 있었다.

집을 모두 정리하고 나왔을 때 정오의 뜨거운 햇볕이 정수리 위로 떨어졌고 조금만 몸을 움직여도 땀이 등줄기를 타고 흘렀다. 아파트 사무실을 비롯해 시간에 맞춰 방문하거나 전화해야 할 곳이 많았다. 그날 나는 엄마를 대신해서 여러 종류의 서류를 들춰 보고 사인을 했다. 만나는 직원의 안내에 따라 간단히 사인을 하고 나면 엄마의 삶이 하나씩 정리가 되어 갔다. 제 엄마는 이제 더 이상 이 세상에 살지 않아요. 그래서 집도 필요하지 않고, 돈도 필요하지 않고, 보험도, 약도 필요하지 않습니다. 나는 그 말을 하면서 엄마를 힘들게 만들었던 모든 것들로부터 엄마가 해방감을 느꼈으면 했다. 한결 가벼워진 채로 최대한 이 세상으로부터 어디로든지 멀리멀리 날아갔으면 좋겠다고 생각했다.

엄마와 관련된 모든 일을 끝내고 나니 점심 시간이 한참 지나 있었고 마지막으로 아파트 해약을 위해 들렀던 사무실에서 나왔다. 엘리베이터에서 내려 아빠와 고모가 앞서 걸었다. 나는 그 뒤를 따라서 느리게 걷다가 빠르게 걸어가는 그들과 점점 멀어졌다. 저 멀리 주차해 두었던 차 안으로 들어가는 아빠가 보였고 고모는 뒷좌석 문을 열어 놓은 채 내게 어서 오라는 듯이 손짓했다.

서울로 돌아가는 길에 한 음식점 앞에 멈춰서 만두와 냉면을 먹었다. 아빠는 엄마와 한 번 와 본 적이 있는 곳이라고 했다. 여기서 만두 2인분과 냉면 두 개를 시켜서 먹었다고 했다. 우리는 오늘처럼 그녀와 갔던 장소, 먹은 음식, 그녀에게 들었던 이야기, 그녀에게 받았던 것들을 기억하면서 살게 될 거라는 걸 알고 있었다. 그 기억은 때로 숨을 쉬기 어려울 정도로 우리를 울게 만들거나, 어느 날 가만히 웃게 만들기도 할 것이다. 양주에 다시 올 일이 있을까? 아빠는 이제 이곳에 오는 것도 마지막일 거라는 소리를 했는데 마치 지난 오랜 세월을 한꺼번에 훌훌 털어 버리려는 사람처럼 보였다. 의자에서 일어나 음식점 밖으로 나간 아빠는 음식이 나오기 전까지 사라져서 보이지 않았다. 몇 분 후에 그가 자리로 돌아왔을 때 아빠의 셔츠에서는 옅게 밴 담배 냄새가 났다.

o

고통에는 때가 없는 것 같다. 그날은 귓가를 맴도는 모기 소리에 잠을 제대로 자지 못했다. 새벽에 몸을 이리저리 비틀어 가면서 모기가 문 흔적을 찾아보는데 잠든 사이 양쪽 다리를 20방 넘게 물렸다. 이 정도 되니까 다리 전체가 저릿하고 간지러웠다. 밤새 잠을 못 이루다가 다리를 긁적이면서 회사로 출근했다. 마주치는 사람마다 한 번씩 모기 자국으로 도배된 내 다리를 내려다보며 괜찮으냐고 물었다. 자리에 앉아 오전 업무를 끝내고 점심을 먹고 커피 한 잔을 사서 들어왔다. 단지 평소와 다른 게 있다면 날은 흐리고 장맛비가 한바탕 쏟아지는구나. 커피를 사서 들어오는 길에 우산을 들고 길을 걸으면서 잠시 그런 생각이 스쳐 갔을 뿐이다. 다시 일을 시작해 보려고 막 책상 앞에 앉았을 때 고모에게서 전화 한 통이 걸려 왔다. 전화기 너머로 들리는 고모의 목소리는 오열에 가까웠다.

나는 속으로 누군가에게 도움을 요청했던 것 같다. 별일 아니게 해 주세요. 별 일이 아니게 도와주세요. 그 짧은 시간에 도와달라는 말을 마음속으로 여러 번 외치면서 사무실에서 빠져나와 비상구로 향했다. 비상구의 문을 열자 커다란 창 너머로 비가 좀 전보다 더 세차게 퍼붓고 있는 것이 보였다. 제대로 말해 봐. 여러 차례 물어봤지만 고모가 하는 말이 흐느끼는 목소리에 묻혀 들리지 않았다. 제대로 말해 봐. 같은 질문이 다섯 번 정도 반복되었다. 고모는 그 후에 숨을 한 번 고르고 또박또박 말했다. 너희 엄마가 방금 죽었다. 아빠에게 전화가 왔었어. 나는 엄마의 부고 소식을 그 비상구 계단에서 들었다.

엄마의 죽음은 전혀 생각하지 못했던 것이었다. 엄마가 세상을 떠날 거라고 생각해 본 적 없었다. 그저 버스에서 창문을 바라볼 때. 부엌에서 찌개가 끓기를 기다릴 때. 혼자 걸을 때. 아주 잠깐씩 엄마를 생각했었다. 엄마는 어떻게 지내고 있을까. 살면서 내 생각은 조금이라도 할까. 오랜 시간 연락을 하지 않더라도 그 집에서 아빠와 잘 살고 있겠지. 여태 그래 왔으니까. 그러다가도 버스에서 내리거나, 끓이고 있던 찌개가 넘쳐 흐르거나, 혼자 걷다가 목적지에 도착했을 때 정신이 돌아오면서 방금까지 했던 엄마의 생각을 잊었다. 엄마의 존재는 점점 작아졌지만 마음 한 구석에 걸려 완전히 사라지지는 않고 자꾸만 달깍거렸다. 갈수록 엄마가 미웠던 것 같다. 내가 없이도 그런대로 잘 살아가는 엄마를 생각하면 화가 치밀기도 했다. 나는 고모와 마주 앉아 밥을 먹다가도 엄마의 대한 원망이나 분노를 토로할 때가 있었다. 고모는 그럴 때마다 '사람을 너무 미워하지 마라. 그래도 네 엄마는 엄마다.'라고 말했다. 그러고 나서 젓가락으로 반찬을 집어 내 앞에 있는 흰 밥 위에다가 올려놓았다. 그렇게 수십 년간 고모가 해 준 밥을 먹으면서 엄마를 원망하거나 미워했다.

◦

내가 태어났을 무렵부터 엄마는 자주 아팠다. 아빠는 엄마를 돌보느라 나를 돌볼 겨를이 없었다. 보다 못한 고모가 갓난 아기였던 나를 고모부와 함께 사는 집으로 데려와 키웠다. 분유를 타서 먹이고 매일 기저귀를 갈고 아프면 여느 부모와 다름없이 꼭두새벽부터 병원 앞에 줄을 서고 나를 업고 다니면서 그들은 나를 친자식처럼 키웠다. 내 최초의 기억에서부터 고모와 고모부가 나의 엄마이자 아빠였다. 언제인지도 모를 나이부터 나는 고모와 고모부를 엄마, 아빠라고 불렀으며 그들도 나를 우리 딸이라 불렀다. 우리의 관계에 대해 설명을 하지 않으면 사람들은 정말로 나를 그들의 친딸로 생각하고서 고모와 고모부를 젊게 보거나, 나를 늦둥이로 보았다. 같은 설명을 수백 번, 수천 번 반복하다 보니 가족을 설명하는 일이 그다지 어렵지 않은 일이 되어 갔다. 내가 지금 엄마, 아빠라고 부르는 사람들이 실은 나를 길러 준 고모와 고모부다. 지금껏 살아오면서 나를 지나쳐 간 많은 사람들에게 나는 나의 가족에 대해 그렇게 소개해 왔다.

어린 시절부터 내가 외우고 있는 아빠의 연락처는 두 개, 엄마의 연락처도 두 개였다. 태어났을 때부터 나를 낳아 준 부모님과 길러 준 부모님이 있었지만 처음부터 그러한 상황을 제대로 이해할 수는 없었다. 어떻게 된 걸까. 나는 왜 아빠도 두 명, 엄마도 두 명인 걸까. 돌이켜 봤을 때 정말 이상한 질문이라고 생각하는 게 하나 있다. 다섯 살이 되었을 무렵이었다. 고모와 고모부, 엄마와 아빠는 한자리에 모여 있을 때마다 누가 진짜 엄마일까? 누가 진짜 아빠일까? 알아맞혀 보라는 질문을 내게 자주 했다. 엄마는 '내가 진짜 엄마야.'라고 주장했고 고모는 본인 배에 난 수술 흉터 자국을 보여 주면서 '내가 너를 낳느라 배가 이렇게 아팠어.' 하면서 자신이 진짜 엄마라고 주장했다. 지금은 그 수술 자국이 나를 낳아서 생긴 것이 아니라, 고모의 지병으로 생긴 수술 자국이라는 걸 알고 있지만 그때는 알 수 없었다. 엄마와 고모는 자신이 진짜 엄마라고 주장하면서 나의 대답을 기다리고 있었다. 모두가 웃고 있는 사이에 나는 홀로 진지해져서 입에 손가락 하나를 가져다 넣고 잠시 골몰했다. 그러고 나서 같이 사는 고모가 나의 진짜 엄마이고, 같이 살지 않는 엄마가 가짜 엄마라는 결론을 내렸다. 그러다가 또 어떤 날은 놀이공원에 데려가 주는 엄마가 진짜 엄마이고 고모가 가짜 엄마라고 말했다. 끝에는 항상 '엄마가 진짜 엄마야.'라고 내게 말해 주었지만 나는 진실을 들어도 누구의 말을 믿어야 할지 몰랐다.

엄마. 아빠. 누군가에게는 익숙한 그 호칭이 내게는 좀 다르다는 것을 알게 된 건 초등학교에 입학하고 가족 관계에 대한 수업을 들으면서부터였다. 그날 선생님은 그림으로 그려진 가족 관계도를 보여주면서 엄마와 아빠, 가족들에 대한 관계와 호칭을 가르쳐 주었다. 그러고 나서 엄마와 아빠의 얼굴을 그려 보자고 했다. 도화지 두 장을 받아 들고 책상에 앉아서 나는 누구의 얼굴을 그려야 하지. 두 엄마와 두 아빠의 얼굴을 떠올리면서 머뭇거리다가 결국 그리는 얼굴은 고모와 고모부의 얼굴이었다. 나는 그날 이후로 나를 낳아 준 엄마와 아빠, 길러 준 고모와 고모부를 구별할 수 있게 되었지만 크게 달라지는 것은 없었다. 내가 엄마 하고 부르면 동시에 뒤를 돌아보는 두 명의 엄마가 있었다.

회사에서 급히 나와 집으로 돌아왔을 때에는 집에 고모가 없었다. 하룻밤을 자고 이른 새벽에 장례식장으로 가야 했다. 잠들기 전 가까운 친구들에게 연락을 남겼는데 소식을 들은 연수가 도와줄 일이 없는지 물었다. 내일 날이 밝으면 의정부에 있는 장례식장으로 넘어가야 하는데 차로 데려다 줄 수 있겠어? 새벽 6시에 연수와 우리 집 앞에서 만나자는 약속을 하고 전화를 끊었다. 아주 잠깐 눈을 감았던 것 같은데 머리맡에서 핸드폰 알람이 울렸다. 새벽 5시.

아직 해도 뜨지 않은 이 시간에 눈만 뜬 채로 침대 속에 누워 있었다. 미리 다림질해 두었던 검정색 셔츠와 바지가 고개를 돌리면 보이는 곳에 걸려 있었다. 눈에 보이고 손에 잡히는 것. 그런 것이 나를 안심시켰다. 몇 분을 더 누워 있다가 서둘러 몸을 씻고 전신 거울 앞에 서서 검정색 옷을 입고 계단을 내려갔다. 집 앞에서 기다리는 연수와 만났다. 그녀는 단정한 검은색 셔츠를 입고 운전대 앞에 앉아 있었다. 장마 기간 새벽 바람은 스산했고 하늘은 언제라도 다시 비가 올 것처럼 흐렸다. 오랜 시간 고속도로를 달리면서 우리는 한 번씩 길을 잘못 들었다가 다시 차를 돌렸다. 그 사이 아침이 밝아오고 있었다.

o

엄마의 영정 사진은 내가 고등학교 졸업식을 하던 날 찍은 사진을 사용했다. 엄마와 아빠, 내가 찍힌 가족사진 한 장에서 엄마의 얼굴만을 스캔한 뒤 포토샵으로 합성해 만든 것이다. 그녀가 세상을 떠나기 전에 이미 자신의 많은 짐들을 스스로 버렸던 것 같다고 큰이모는 말했다. 엄마의 부고 소식을 들은 직후에 큰이모는 영정 사진에 쓸 만한 사진을 급히 찾고자 엄마와 아빠가 살던 양주의 집으로 갔다. 온 집안을 뒤져도 그 많고 흔한 사진 앨범 하나가 나오지 않았다.

그러던 중 큰이모가 맨 처음으로 뒤졌던 안방으로 다시 들어가서 커다란 옷장을 열었을 때 구석에서 손바닥만 한 사진 앨범 하나를 발견했다.

영정 사진에 쓸 수 있도록 얼굴이 정면으로 나온 사진이 바로 나의 졸업식 날 남긴 가족사진 한 장뿐이었다. 큰이모는 엄마가 자신의 사진이 들어 있는 사진 앨범은 모조리 버리고 이 앨범 하나만은 마지막까지 보관하고 있었던 것 같다고 했다. 기쁜 날 남긴 사진이 엄마의 영정 사진으로 쓰이게 될 줄은 몰랐어요. 내가 그렇게 말했더니 큰이모는 나를 힘껏 안았다. 두 팔을 풀고 나서 큰이모는 자신의 짐 가방 안에서 무언가를 꺼냈다. 근데 이 앨범 엄마에게 네가 선물한 앨범이니? 큰이모는 엄마의 방 안에서 찾아낸 사진 앨범을 내게 건넸다. 고동색의 단단한 하드 커버로 덮인 작은 사진 앨범이 내 손에 들어왔다.

이 앨범은 내가 직접 동네 문구점에 들어가 고른 것이다. 언젠가 어버이날을 앞두고 엄마와 아빠의 모습이 담긴 사진 파일을 사진관에 맡긴 다음 며칠을 기다려 마침내 인화된 사진으로 받았었다. 그리고 책상 앞에 앉아 앨범 안에 사진을 한 장씩 끼워 넣어 엄마에게 카네이션과 함께 선물했었다. 내 손을 떠나 엄마에게로 갔던 선물은 큰이모의 손을 거쳐 다시 내게로 돌아왔다. 돌아온 사진 앨범은 수년이 지났어도 모서리가 닳아 있다거나 상한 곳 하나 없었다. 그것은 잘 보존된 행복처럼 보였다. 앨범 첫 장을 열면 엄마와 아빠가 지낸 집의 베란다를 배경으로 찍은 사진이 한 장 나온다.

그 사진 속에는 분홍빛으로 노을 지는 하늘과 구름이 담겨 있었다. 다음 장을 넘기면 나와 웃고 있는 엄마. 아빠와 서 있는 엄마. 혼자 서 있는 엄마. 이어폰을 끼고 있는 엄마. 잠옷을 입고 빨래를 널고 있는 엄마. 내가 바라본 엄마의 지난날들이 있었다. 앨범을 거의 다 펼쳐 볼 때쯤에 가장 뒤편에서 낱장 사진 하나가 툭 하고 떨어졌다. 그건 내가 앨범에 끼워 고정한 사진이 아니었다. 나도 모르는 사이 엄마가 직접 인화를 해서 앨범 뒤에 꽂아 둔 사진이었다. 교복을 입고 꽃다발을 들고 서 있는 내 양옆으로 엄마와 아빠가 서 있었다. 그것은 바로 엄마의 영정 사진이 되어 준 졸업식 사진이었다.

엄마가 내게 가장 주고 싶어 했던 것, 가장 보여 주고 싶어 했던 게 무엇인지 이제야 알 것 같다. 더 이상 앨범 속의 우리들처럼 함께할 수 없고, 건강할 수 없고, 웃을 수 없더라도 그녀는 내가 태어난 순간부터 나와 떨어져 있는 순간에도, 아픈 몸으로 약을 먹으면서도 나의 행복을 바라고 있었다는 것. 엄마는 내가 건넨 행복을 잘 보관해 두었다가 내게 다시 되돌려 준 것이다.

'지혜야. 네가 내게 준 행복은 참 컸다. 너도 그렇게 행복하길 바라.'

앨범을 모두 보고 닫은 후에 마음에서 울리던 단 하나의 목소리였다.

연수는 나와 마주 앉아서 아침밥으로 육개장을 먹은 뒤에 장례식장을 떠났고 윤이와 함께 다른 친구들이 오후에 장례식장에 와 주었다. 그들과 저녁밥을 함께 나눠 먹고 나니 다시 밤이 찾아왔다. 그날 밤은 장례식장에서 방석을 여러 겹 붙여 두고 쪽잠을 잤다.

°

며칠 전 엄마의 기일이 돌아와서 고모와 아빠와 함께 파주에 있는 추모 공원에 다녀왔다. 엄마가 세상을 떠난 날은 마구 퍼붓는 장맛비 때문에 앞이 안 보일 정도였는데 일 년이 지난 오늘은 뭉게구름이 동동 떠내려가는 화창한 날씨였다. 일 년에 몇 번씩 유골함을 보관하고 있는 유리관을 열 수 있는데 그날 유리관을 열어서 유골함 옆에 엄마의 사진들을 몇 장 더 붙여 두었다. 아빠는 그러고 나서도 엄마의 유골함 앞을 오래도록 서성였다. 그 후 아빠는 입구에 있는 카운터로 가서 직원에게 나중에 두 사람의 유골함을 보관하려면 절차가 어떻게 되는지 질문했다. 직원의 설명을 듣고서 아빠는 자신이 죽으면 엄마 옆에 놓아 달라고 했다.

봄에는 할머니의 기일, 여름에는 엄마와 고모부의 기일이 있다. 그러고 보니 우리 가족은 모두 따뜻한 날에 세상을 떠났다. 이왕이면 나도 추울 때 말고 따뜻한 날에 가면 좋겠다는 생각을 해 봤다. 그러면서도 여전히 살고 죽는 게 뭔지 몰라 두렵다. 사는 동안 알게 되려나? 그것은 얇은 종이 한 장 차이인가? 어떻게 살아야 하는지 고민한다는 건 이다음에 어떻게 죽을 건지도 함께 고민하는 일 같고 그 둘은 다른 일이 아닌 것만 같다. 고모는 종종 이렇게 건강하게 지내다가 평소와 다름없이 잠든 사이에, 고통 없이 가고 싶다는 말을 했다. 내일 뭐 먹지. 뭐 먹고 뭐 하지. 그런 고민만 하다가 갑자기 아빠와 고모에게서 죽음에 가까운 이야기를 들으면 나도 모르게 그들의 영정 사진 앞에 서 있는 먼 곳까지 갔다가 다시 제자리로 돌아왔다.

서울로 돌아오는 길 물가 옆에 버드나무 한 그루가 서 있는 것을 발견하고 갓길에 잠시 차를 대고 멈췄다. 그날 나무 아래에서 고모와 나, 아빠와 핸드폰으로 찍은 사진 한 장이 남았다. 웃고 있는 눈과 입, 그늘 아래였지만 틈으로 들어오는 햇빛 때문에 약간은 찌부러진 미간. 나는 사진으로 기억하는 그날의 얼굴을 가만히 바라보았다. 사랑하는 이들의 얼굴을 보면서 내게 얼마나 더 많은 이별이 남아 있는지 손가락을 접어 세어 보는 날도 있었다. 서로에게서 멀어진 다음 돌아가게 되는 장소는 어디일까? 깊게 파인 땅속으로 관이 들어가는 것을 볼 때, 뜨거운 한 줌의 재가 되어서 어딘가로 가 버리는 것을 볼 때 나는 그런 게 궁금했다. 우리가 언젠가는 헤어지게 된 대도 결국 돌고 돌아

한곳에서 만날 수 있게 된다면. 그곳에서 다시 만나게 되는 기쁨을 누릴 수 있기를 바라고 있다.

돌림노래

문을 열고 닫듯이
언제나 계속되는 것들이 있다고
생각했습니다.

대화

대부분 그렇게 잊어버리고 질문만 남네.

문자

동네 마트에 주민 등록을 했더니 매일매일 그날의 파격 할인 상품이 문자로 발송된다. 그 문자를 아침마다 보면서 이렇게 꾸준하게 사는 사람은 누굴까 하고 궁금했다. 성실한 사람이 되고자 하는 마음은 숨 쉴 수 있는 구멍까지 틀어막아 버리는 것만 같고, 더 나은 사람이 되고 싶다는 마음을 먹으면 오래달리기를 한 사람처럼 숨이 벅찼다. 우리에게는 셀 수 없이 많은 때와 기회가 있고 한 사람이 살아가면서 이럴 때도 저럴 때도 있다는 걸 나는 여전히 알고 싶다.

다림질

사람을 너무 많이 잊어 본 나머지,
사람 하나 잊는 건 아무것도 아닌 게 되어 버린 사람.

출근길

아침 버스에서 신문을 뒤적이는 할아버지를 보았다. 할아버지의 손길로 넘어가는 종잇장 소리가 들려왔다. 바스락 구겨지는 소리와 구겨짐 속에도 얻을 수 있는 위안이 있다. 신문을 가지런히 접어 무릎 위로 올려 두는 모습을 마지막으로 버스에서 내렸다.

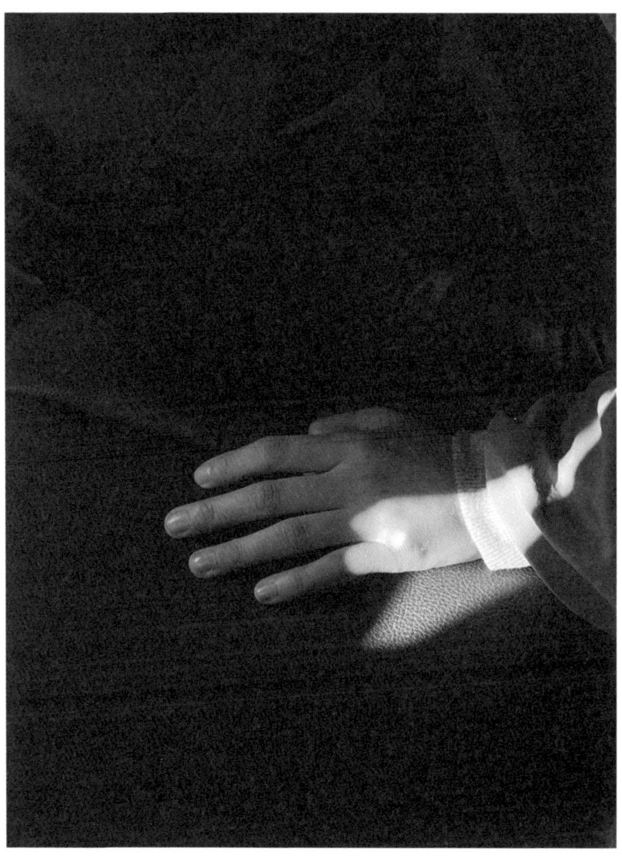

옥상 위의 사람들

긴 침묵 뒤로는 '오늘 날씨가 좋다.'
이런 말밖에 할 수가 없겠지.

우산 없는 날

빗물이 고인 물웅덩이를 골라 밟으면서
젖은 양말과 신발을 신경 쓰지 않을 수 있다면.

가로수

이미 건너간 시간들을 바라보면서 살았다.
저 너머에 있지만 우리 언젠가
그곳에 함께 있었다는 사실들이
불빛처럼 환했다.

쪽지

며칠 전이었다. 그날은 400년 만에 목성과 토성이 만나는 날이라고 했다. 그리고 이 만남을 다시 보려면 지금으로부터 60년을 기다려야 한다는 인터넷 뉴스를 읽었다. 내가 여태 살아온 날들의 두 배가 되는 시간이었다. 윤이에게 뉴스 내용을 읊어 주면서 우리가 만약 60년 뒤에도 살아 있다면 아흔 살이야 하고 말했는데 그 말을 하고 난 입이 이상하게 느껴졌다. 잠시 하던 일을 멈추고 창밖으로 고개를 길게 내밀어 하늘을 살폈다. 아주 먼 길 같으면서도 멀지 않은 길. 나이가 드는 일은 나도 모르게 했던 말을 또 하게 되는 일이라고 생각했다. 아흔까지 살았던 할머니의 오밀조밀한 입술과, 밥은 먹었니? 같은 말을 반복하던 입 모양이 떠올랐다. 밤하늘에서 신기한 일이 벌어지는 동안, 나는 환기를 하기 위해 창을 열었다가 추위에 몸이 떨려 창문을 다시 바짝 닫았다. 해가 거듭될수록 지나간 일들은 희미해지고 아주 잊게 되는 일들도 생겨나는데, 그게 고마울 때도 있지만 잊지 않고 오래 간직하고 싶은 일들도 있었다. 간직하고 싶은 일 또는 사람의 이름을 꾹꾹 잘 접어서 안주머니에 넣고 다니면 어떨 것 같아? 그런 상상을 해 봤는데. 그 안에는 괴로웠지만 소중한 기억이 많이 적혀 있을 것이다.

운세

누군가 펼치고 다시 접어 놓은 신문에서
오늘의 운세를 봤는데
헤어진 사람이 돌아올 운세라 했다.
헤어진 사람은 너무 많아.
아무도 다시 돌아오지 않았으면 하고 생각했다.

나날들

- 혼자가 편해?
- 혼자지만 혼자는 아니라고 확신할 때가 가장 편하지.

레몬티

자주 드나드는 카페에 앉아 있다 보면 의도치 않게 무수히 많은 말들을 듣게 된다. 언젠가 '진저 레몬티 한 잔이요.' 하고 주문하는 손님 목소리를 들었는데 그것이 '진정하기 위한 레몬티 한 잔이요.'로 들리던 날이 있었다. 매번 차가운 우유가 들어간 커피를 마시다가도 한 번씩 진저 레몬티를 주문했다. 신맛을 별로 좋아하지 않는 편인데도 무언가에 이끌리듯 그랬다. 잔을 조심히 들어 입가에 가져다 대고 한 모금을 넘기면 속으로부터 뜨거운 기운이 도는 듯했다.

꺾어 신는 신발

자신에게 편한 대로, 자신의 버릇대로 사는 거야.

서리 낀 안경

매사에 좋은 것과 싫은 것으로 나누기란
아무래도 어려운 게 아닐까.
좋지만 두려운 것, 싫지만 도움이 되는 것.
우리는 그런 짐들을
등에 지고 옆구리에 끼고 사는지도 모른다.

길목

골목길 모퉁이를 돈다.
무엇이 기다리고 있을까.
고양이. 사람. 일과 돈. 사랑. 슬픔. 정적.
두 눈을 질끈 감고.
무엇이든.

여러해살이풀

나에게 다음이라는 게 있나. 어쩌다 발목을 잡혀 당겨지는 쪽으로 그저 쑤우욱 빨려 들어가는 기분이 들 때, 가만히 앉아 눈알을 굴리는 것조차 힘들어서 책을 덮을 때 나는 청소와 정리를 시작했다. 책을 더 채워 넣기 위해서 책장을 정리하고, 사진을 더 찍기 위해서 사진첩을 정리하고 더 쓰기 위해 메모장을 정리했다. 앞으로 더 알고 싶은 것, 더 보고 싶은 것, 더 남기고 싶은 것을 생각하면서 정리라는 걸 했다. 집중해서 실컷 정리를 하고 나면 금세 피로해졌고, 창문을 열어 환기를 시키는 것으로 일단락했다.

다음 주에는 올해 마지막 바다를 보고 와야지. 아무도 없는 곳으로 혼자 도망을 가야지. 근래 몇 날 밤을 침대에 누워 도망갈 궁리를 하다가 잠들었다. 요즘엔 검푸른 바다나 아침의 물안개, 온통 새하얗게 뒤덮인 풍경이 그리웠다. 언젠가, 어디선가 한 번쯤 보았던 풍경들이다.

나무 아래에서 2/3

맺음 글

삶은 무엇으로 이루어져 있는 것일까?

지독히 사랑하고, 미워했던 고모부를 차가운 땅에 묻어 두고 막 서울로 향하는 길이었다. 그때는 눈물과 땀, 콧물을 쏟고 휴지가 모자라 얼굴이며 옷이며 손이며 모두 범벅이 되었던 때. 이렇게 괴로운 일만이 삶의 전부는 아닐 거라고 생각하면서 창밖의 어스름한 노을을 바라봤었다. 그게 내가 사랑하는 사람을 보낸 첫 기억이다.

나는 그동안 돈을 벌기 위해 일을 했고, 친구를 만나 배가 아프도록 웃었고, 맛있는 음식을 먹었으며 동시에 사랑하는 사람들을 몇 번 더 보내야만 했다. 어떤 하루는 기도를 했고, 어떤 하루는 향을 피워 애도했다. 그렇게 코를 풀던 휴지로 눈물을 닦고 때때로 신나게 웃으면서 살아가면 되는 걸까. 나는 나를 데리고 살아가야 하는 입장으로서 이 삶이 어떤 것으로 이루어져 있는지에 대해 떠올려 보지 않을 수 없었다.

아침 일곱 시면 안락한 방 안에서 하루를 시작했다. 핸드폰 알람이 스무 번 정도 울리고 나면 방문 밖으로 함께 사는 고모의 설거지 소리가 들려왔다. 몸을 씻고 그날 입을 옷들을 골랐다. 비가 올 것 같으면 우산을 챙겼다. 점심에는 졸았다. 따뜻한 햇살 때문에 눈을 게슴츠레 뜬 채로 입이 찢어질 정도로 크게 하품을 했다. 그러고 나면 금세 해가 저물어 갔다. 저녁에는 단골 카페에 가서 커피나 진저 레몬티를 마셨다. 그럼 연수에게 전화가 오거나 인애가 가끔 귀여운 사진들을 같이 보자고 보내오곤 했다. 나의 가장 오랜 친구 윤이는 답장이 없지만 그래도 괜찮았다.

지금 말고 더 오래전을 떠올려 보면 어떨까? 내가 25년간 살았던 집, 그 집에 있던 화단과 함께 살았던 나무들. 매일 보아서 익숙했던 것들은 더 이상 찾지 않고 알아볼 수 없을 때쯤에서야 비로소 그립고 보고 싶어졌다. 살다 보면 고통과 기쁨이 뒤범벅되고, 그게 이상하게 아름답고, 지나가면 두 번은 돌아오지 않는 매일과 그 매일을 함께해 주는 사람들. 이 모든 게 삶을 이루는 일부라는 사실을.

나는 자주 많은 걸 놓치고 또 그만큼 후회를 많이 하는 사람이다. 그래서 어느 순간부터 내가 택한 방법은 되도록 많이 쓰고, 남기며, 모으는 것이었다. 집과 일터, 때가 되면 바뀌는 창밖의 풍경, 가족과 친구들이 남긴 것. 가리지 않았다. 이렇게 친밀하고도 낯선, 이상하면서도 아름다운 매일이 쌓이고 쌓여 삶이 흘러간다는 것을 믿고 싶었나 보다.

우리가 살아가면서 모든 순간을 함께할 수는 없지만 마음만 먹으면 모든 걸 나눌 수 있지는 않을까. 내가 퉁퉁 부은 눈으로 그 노을 속에서 본 것. 혼자 책을 읽으면서 생각한 것. 걸으면서 느낀 것. 길고 짧은 대화들과 다시 돌아올 일 없어서 아름다웠던 시간들. 아직 말해지지 않은 비밀들까지도 나눌 수 있을 거라고 늘상 꿈꿨던 것 같기도 하다.

문득 주변이 고요하다. 글을 쓰고 있는 이 춥고 늦은 밤에도 누군가는 남고 누군가는 떠나가지만 나는 매일 내가 살아 있어서 가능한 일들을 하고 싶다.

2024. 02.

지혜

나를 살아가게 만드는 순간은

크고 환한 빛이 비치던 날이 아니었다.

대부분 내가 앉아서 쉴 수 있는 그늘이었다.

나무 아래서였다.

문 틈 사이로 비치는 좁은 빛을 볼 때였다.

인사는 잠깐인데
우리는 오래 헤어진다

초판1쇄 발행일 2024년 02월 25일
초판2쇄 발행일 2024년 12월 25일

글과 사진 I 지혜
펴낸곳 I atnoon books
펴낸이 I 방준배
편집 I 정미진
디자인 I 한인
교정 I 엄재은

등록 I 2013년 08월 27일 제 2013 - 000257호
주소 I 서울시 마포구 연남로 30
홈페이지 I www.atnoonbooks.net
인스타그램 I atnoonbooks
유튜브 I atnoonbooks0602
연락처 I atnoonbooks@naver.com
FAX I 0303 - 3440 - 8215

ISBN 979 - 11 - 88594 - 29 - 0 / 03810
정가 18,500원

「내가 놓친 게 있다면」

내가 또 놓친 게 무엇이 있을까.
나는 오늘도 어둠이 내린 방 안에 가만히 앉아 생각한다.
그때는 알아차리지 못했던 눈빛과 마음들
여기저기 흩어져 있는 기억들을 전부 끌어모아서
안부를 묻고 싶다.

지혜 단상집 | 2018 엣눈북스 출간